雙城喜劇

周丹穎 著

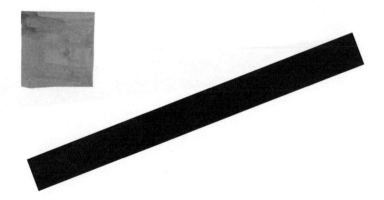

目次

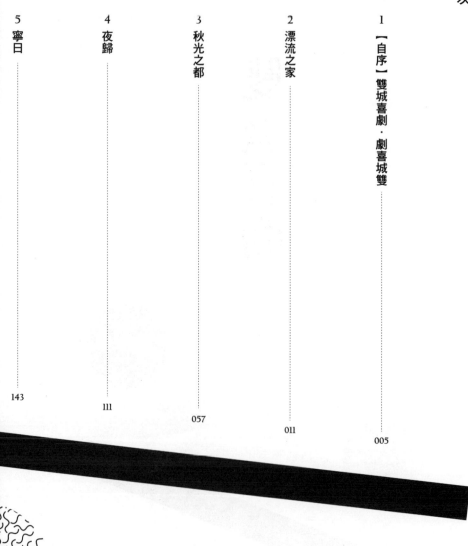

【自序】

雙城喜劇・劇喜城雙

從我在異鄉嘗到一種絕對自由的那天起，我便成為了不斷與自己、與時間戰鬥的人（自由的枷鎖？）。專注於內在搏鬥的我，邊警醒地守備時間從心上流過的痕跡，邊歪七扭八地哼著自創的小調，又總帶著點旁觀的喜悅，覺得自己隨時可以從世界的時間線上退出，退回到那間青春之斗室，那段野放的人生。然而現實生活中，我夾在臺北與巴黎兩地的縫隙間，十五年轉眼過去了。每日生活其實是亂紛紛雙語齊下，一個人至少分裂成兩個，或好或歹地應對著兩個世界，有時駕輕就熟，有時像跑錯攝影棚，久而久之變成了一個望之難纏、剛硬，即之還是難纏、剛硬，但偶爾會爆發出怪異喜感與溫情的異鄉人。

十五年的時間，切切實實地逃離了我的守備範圍，確立了我到哪兒都可算是異鄉人的身分。有時候我可能也就安於這樣的新身分，以至於我不時會忘記自己曾有的模樣、語調、感受和曾遇過的人事，猶如一個記憶體待修復的空殼。因此重讀舊作時，我筆下的小說人物偶爾會跳出劇情，以責難的眼神瞅著我表示：「這妳也忘了？妳以前是有著『大象的記憶力』的少女欸，再怎麼變造記憶妳都認得出原貌的。」而《雙城喜劇》這本小說集收錄的八篇作品，卻讓我清楚地看見，那個不肯遺忘的、與時間對峙的少女離我很遠了。取而代之的全知敘事者，是一個直闖進灰色的世界，拋下一切，再帶著曖昧的喜感緩緩踱出來的城外人。

這八篇短篇小說，以出場人物藕斷絲連，故事發生的背景在我熟悉的雙城——臺北與巴黎——殆無疑義。題作「雙城喜劇」，用意則不是將狄更斯與巴爾札克硬混為一談，而是在了無新意的題目中，盯著語言轉譯時產生的意義縫隙，忍不住要自得其樂地加上自己的一筆：法文的 comédie，一詞多義，指的不僅是中文理解上令人發笑的「喜劇」，它可以是嚴肅的或帶有嘲諷性質的戲劇——相對於悲劇而言的、有美滿結局的戲，或相對於悲劇英雄而言的、表現日常小人物的戲劇——既指劇種，也可指劇院本身，另又有逢場作戲、惺惺作態之意。換句話說，一詞中五味雜陳，不是「喜劇」這個譯詞所能涵蓋的。這正巧帶我回到了我前一段人生的轉折點上，一次極具啟示性的經驗：那一日，我去安寧病房探望癌末的恩師。在嗎啡的藥效下，老師與病魔的搏鬥已然結束。師丈體貼地給了我獨自與她道別的時間。在病房裡獨坐的那幾分鐘，我其實一句話也沒說：言語到此還有何意義？唯有眼淚滴滴答答對應著分秒滾落。走出醫院，我放聲痛哭，巴黎的街樹、行人、天空全都看不清輪廓，然後機械化地坐進地鐵，和乘客們彷彿隔著一道透明的牆。我感覺到一種不可修復的斷裂，在列車嘁嘁嚓嚓磨過鐵軌的聲響中悲慘地完成了。我中途下車，帶著臉上刷過鹽般刺痛的淚痕，隨便走進一家店，試穿了一件喪服似的純白羽絨外套，接著以這瑣細的購物行為，成功轉移了悲痛的焦點，從頭到尾維持一種無人聞問的、徹底的緘默。然而這段經歷，若把時間線拉長來看，則會出現調性完全不同的續集：那件輕暖的羽絨外套，因布料過薄，內裡帶梗的細鴨毛會不斷衝出重圍，插入我內搭的各式毛衣。之後一段時間，我進室內脫下這件外套時，登時會尷尬演出醜小鴨真人秀。我也許哈哈一笑，抖動身上的白鴨毛，好增強喜劇效果，但從未親口和人解釋這件外套的來歷。

面對語言的夾縫、言語的極限，斷斷續續寫作的我，亦常會偏離原本的航道，在一個預想不到的無人島靠岸。回顧這八篇小說前後歷時十年的寫作過程，舒曇景小姐的外星視角，是最先在〈寧日〉（二〇〇五）中成形的，不過二〇〇九年起，被厚重的「離家三部曲」暫時壓抑下來了。這三部曲計畫，事實上只完成了緊密相連的〈漂流之家〉（二〇一〇）與〈秋光之都〉（二〇一〇）。隨著人物離家，場景已從臺北過渡到巴黎，而事關阿涅絲的第三部曲卻頑強抵抗，每寫必廢，最後竟先發表了另一部篇幅較長的小說《名媛練習》（二〇一二）：如祭壇羔羊的阿涅絲，藉陳海華被改造的身體暗暗還魂。寫作的意外仍不僅止於此。二〇一四年起，抱著玩樂的心態，我開始以法文創作短片劇本。這原是一年一度聚集親友一起拍攝的同樂活動，兩部短片放映時[1]，卻讓我在螢幕上驚見自己身處多語情境中產生的黑色喜感：那麼多的虛張聲勢、那麼多的言不由衷、那麼多莫名其妙的誤會……一一浮現。受限於時間、人力與經驗，我在短片中採取了與寫作小說時截然不同的敘事方式：小說層層裹覆，短片簡單輕快，兩者並行不悖，直到二〇一五年五月底的某一天，我忽然進入了火山噴發式的創作階段，率先將兩個單刀直入的法文劇本曲曲折折改寫成〈花瓶變奏〉及〈露臺教育〉——兩個

1 *Variations sur une drague*〈搭訕變奏〉（2014）與 *La Bêtise*〈蠢事〉（2015）。

版本的差異其實呈現了我面對兩種語境、兩種形式的不同應對方式。至此某種封印悄悄被揭開了，「雙重」的概念不再是為我的人生帶來混亂不便的源頭，而漸漸轉變為讓我自由發射電波的無人島：〈花瓶變奏〉同時召喚了〈寧日〉與〈秋光之都〉；〈露臺教育〉則成為〈夜歸〉（二〇一三）的前奏，下開〈還童〉（二〇一五）、〈家具〉（二〇一六）兩篇，始料未及地形成了一個整體。

《雙城喜劇》一書中的篇章，時間跨度起於二十一世紀初，迄於還未到來的三〇年代[2]，不過小說並不按照故事時間或發表順序編年排列：參差的跳躍緊扣的是貫穿全書的雙視角，和它由悲轉喜的內在邏輯。從後倒看回來，劇喜城雙，或許會是另一種較為輕鬆愜意的風景？但還是請各位隨意參觀瀏覽吧，我在某處等待你們旅途中的所見所聞——帶著依然難纏、剛硬的表情，但絕不吝於抖動一身的鴨毛。

2 附錄中的小說人物「偽訪談」，原為《印刻文學生活誌》二〇一六年七月號「我的（偽）理想文學雜誌」單元而撰，然因內容涉及〈花瓶變奏〉後續情節，乃同步附於書末，作為延伸閱讀。

漂流之家

鄧品達的保險櫃中有一份三十多年前的文件，深深埋在每月薪水單、各類保險單、帳單、定存單底下，被從小到大各階段文憑蓋住。這張不值錢也不起眼的手填表格，是鄧品達幼稚園入學時的資料，由鄧媽媽親手填寫的。

三十多年前這所實驗幼稚園採洋派作風，給新生家長填寫的問卷一點兒也不八股，盡是實用的幼兒生活細節。其中有一欄是請家長簡述自己孩子的性格，從而建議老師應採何種教育方式。鄧媽媽娟秀的字跡載明：宜循序漸進，不然鄧品達一賭氣起來便會成為推不動的悶葫蘆，需要很長時間才能解套。

鄧品達的太太艾明娳婚前看到這份陳年文件時，曾哈哈大笑，說未來的婆婆真是了解鄧品達的脾性。鄧品達當時只訥訥地笑了笑，囑咐她可別讓鄧媽媽知道他還保存這份文件，不然她可會再三提及自己當年的洞見，就算不是這樣，也會被她說成這樣，最後鄧品達只能依樣畫葫蘆地當起悶葫蘆以保太平。

鄧媽媽這星期天打電話來時，照樣跟悶葫蘆兒子說沒兩句話便由媳婦明娳接過話筒，繼續抒發一星期分量的所見所聞。這回鄧媽媽的語氣有些異樣，一直重複著同樣的話題，像是等人問起她憂慮之事。明娳一邊盯著讀小一的兒子寫功課，一邊盡責地猜測婆婆欲蓋彌彰的心事。幾輪問答後，明娳終於知道原來是鄧媽媽看到媒體大幅報導景氣亮紅燈，科技業首當其衝，她不禁為在電子業做業務的兒子感到憂心忡忡。明娳聽了，爽朗地笑了幾聲，只道「應該裁也裁不到品達吧」，充分表現出對丈夫能力的信任。明娳的反應似乎安撫了電話另一端的鄧媽媽，她對蹲在茶几旁吃西瓜的品達使了個眼色，像是在說婆婆又多心了。鄧品達不置可否地聳聳肩，繼續低頭吐著西瓜籽，一顆顆準確地落進垃圾桶。

鄧品達國立大學商學院畢業後，便進了當紅的大企業工作，十多年來從沒想過換公司，算是同班同學中的異數。去年開同學會，有三分之一的同學不是到國外再進修，就是在世界各地工作而不克前來；另外三分之一，或許是工作或人生際遇不甚理想，自從畢業後便不曾再出席同學間的聚會；其餘同學則是不定期出現來「聯絡感情」，每回出現時遞的名片，印刷燙金必定越來越精美，頭銜必定越來越大。年年準時出席的鄧品達倒不是因為自身有什麼年年可拿出來炫耀的新事蹟，他只是覺得既然通知寄到了，他就在記事本上排出時間，像是定期去捐血或投票一樣，不管是不是義務。同學們取笑他是業務界的公務員，準時上下班，準時為手邊客戶下單出貨，從不交際應酬拓展人脈，真是新時代的守成模範生。當昔日同學們高談闊論如何在高爾夫球場上巧遇頂頭上司或經理級人物時，鄧品達只默默喝著果汁聽。敘事中多采多姿的世界離他很遠，但是他倒挺樂意聽聽同學們的分享，像聽說書人講古一樣，沒有任何嫉妒或羨慕的心態，更別說是想要模仿了。倒是明娳，有次跟著品達出席同學會，發現丈夫跟他舌粲蓮花的同學一比，當下顯得木訥和小家子氣，令她在一群閒聊貴婦中也顯得不稱頭起來。這些同學們的太太七嘴八舌稱讚品達老實顧家，指上亮晃晃的結婚紀念鑽戒此起彼落閃過她眼前，明娳越聽越覺得話中有刺，當晚在回家的路上生起了悶氣，暗暗發誓再也不要平白遭受這些屈辱。

好在腳踏實地也有腳踏實地的好處。隔年鄧品達從同學會回來，告訴明娳去年油光滿面的闊氣同學，因公司欠債，丟下妻兒捲款潛逃到中國去了，不知有沒有東山再起的可能，明娳心裡這才平衡了一點兒。雖然說望著丈夫真心為同學擔憂的表情，她不知怎地還是覺得他上不了檯面。從那時候起，明娳有時會暗自懷疑嫁給品達是不是個錯誤的決定。當初她要是再多看看多比較，說不定今天能跟著丈夫風風光光外派，寒暑假帶著兒子到處遊學……

明娳跟婆婆講完電話後，發呆了好一晌，看著兒子用彩色筆著色時跟他爸爸一樣一絲不茍，絕不超越黑色邊框的模樣，不禁感到自己的美夢正一個個被現實的尖刺戳破。這孩子功課是用不著她操心，但以後呢，以後大概就跟他爸爸一個模子過日，死薪水拿來繳活房貸，她也別奢想他會帶著老母到巴黎觀光、買LV了。當年品達跟明娳的蜜月旅行是在花蓮度的，那時品達剛出社會沒幾年，薪水有部分要上繳婆婆，建議把禮金存下來做買公寓的頭期款，她也不好反對，怕自己才新婚就給人愛慕虛榮的印象。努力賢慧了這麼多年下來，房貸也還是沒繳清，旅遊基金則是自動轉存成兒子的教育基金了。明娳嘆了口氣，要兒子把書包收拾收拾，早點上床睡覺去。

「明天要穿哪件襯衫？」明娳問正在收拾西瓜皮的品達。

品達不尋常地愣了一愣，回道：

「都可以，妳選就好。」

「喔，那藍色那件好了，剛洗好，還沒收。」明娳還陷在自己的思緒之中，機械化地到後陽臺收了幾件衣服，開始熨燙起來。

「明天……妳如果想睡晚一點，我可以帶小鵬去上學。」品達提議道。

「那早餐呢？」

「外面買就好。」

明娳點點頭，轉過身去繼續燙品達的襯衫，作夢似地在心底暗自溫習起大學時代被追求的記憶。這些會彈吉他、籃球打得一級棒的男孩們今天不知道都在世界的哪個角落工作了……

熄燈後品達一直睡不著，不斷回想這星期五降臨到他頭上的厄運。下午三點辦公室的電話響了，從另一端漸次空響到他的辦公桌上。當他接起電話，玻璃窗外的同事們全像默片演員一樣屏息豎耳，觀察他的表情。品達雖然覺得辦公室的氣氛不尋常地詭異，但他再也沒想到就這樣一通電話，十多年的人生便只剩三個小時來整理歸檔。上頭請他體諒公司必須精簡人事的難處，也知道他平日就是個有條有理的優良主管，想必能把客戶資料一一交代給下屬，不會讓客戶失望。上頭保證將發予公司最高資遣費，以他的能力，在同業中應該不難找到新東家。在一串祝福與感謝結語後，鄧品達像是靈魂出竅，飄附在電影銀幕上，依樣找來了一個紙箱，然後一一與同事握手，抱著個人用品走出辦公室。

那一箱個人用品現在還鎖在他的後車廂裡，鄧品達不知道電影演到這裡以後怎麼繼續。星期五晚上回家前他告訴自己要冷靜，到超商買了份報紙，在地下停車場開始翻閱分類徵人廣告，一無所獲。他這才想起現在正派大小公司都是線上徵才，跟從前不一樣了。眼看著家裡開飯時間已近，他於是告訴自己周末過後再來處理也不遲。星期六要載小鵬去補英文、上鋼琴課、陪明娴上大賣場，星期天答應帶他們去動物園的，一切都已計畫好了。

當整個周末都按計畫過完後，品達忽然失眠了，想是鄧媽媽的那通電話將他提早拉回不得不面對的現實。向來多慮的母親這次竟然不小心切中要害，要是讓她知道了，想必母子連心那一套說法便會成為顛撲不破的真理……想到這裡品達突然覺得很寂寞。身旁的明娴背對著他睡得正熟，輕輕打著鼾。品達低喚了明娴一聲，沒有反應，便又倒回枕頭上望著天花板發呆。對面鄰居陽臺上的燈忘了關，隔著房間的窗簾暈出黃濛濛一片，窗簾上的幾何圖案倒因此轉印成了一隻隻海鷗的翦影，隨風在牆上微微晃動，像是在原地振翅卻飛不起來的樣子。品達出神地看了一會兒，最後決定去看看小鵬有沒有踢被。他躡手躡腳地走出房門，來到小鵬的房間。小鵬雙臂整齊服貼地夾著被沿，雙手平攤在腰側，看似睡前幫他蓋過被後便沒翻身。品達輕輕闔上門，拿了自己的筆電到餐桌前坐著，上網找新工作。

品達在瀏覽各種徵才訊息時，想到自己或許應該借助昔日同學的人際網絡。他連上有陣子沒登入的同學會 Facebook，思忖自己應該怎麼措辭才好，他畢竟拉不下臉來宣布自己失業了得找新工作。一句說明此刻狀態的話修改了很久還是沒有貼出，最後 Facebook 上的鄧品達欲言又止地「尋找職場新方向」。然後他一一點閱同學們的近況，有剛逢升遷的，有做了哪支股票賺了一筆的，有受邀吃了某知名高級餐廳公關飯的，也有全家同遊巴黎迪士尼樂園的（說還是東京的好），還有「埋怨」老婆大人指定要買某款名牌包，不得不「兩肋插刀」動用所有人脈好排上等待名單的……越是活躍的同學得到的回響也越多，相較之下品達的版面顯得更加冷清。雖然他會定時在個人頁面上交代近況，版面還是像剛註冊時那般杳無人跡。品達看同學的塗鴉牆看得眼花撩亂，轉眼間已凌晨三點。

明娳睡眼惺忪地出現，問品達這麼晚了還在做什麼。品達的手在驚慌中抖了一下，迅速按掉視窗，只道有急件得在星期一上班前處理完畢。

品達原本要帶小鵬去學校對面的麥當勞吃鬆餅早餐的，沒想到小鵬指了指隔壁小巷裝潢不怎麼起眼的豆漿店，說他很喜歡吃蛋餅，配米漿加豆漿。

「媽媽說外面蛋餅用的蛋不是有機蛋，米漿跟豆漿都太甜，對身體不好。」小鵬邊吃便說，彷彿即時聽見了媽媽下的評論，一字不漏重述一遍，然後吸了口米豆漿。

「噢。但是不常吃也沒什麼關係吧。」品達回答，又補了一句：「晚上媽媽如果沒有問就不用告訴她。」

品達心想，這樣應該不算教孩子欺騙或隱瞞吧。話雖如此，他卻很後悔昨夜為何沒抓緊機會告訴明娳事實，現在他只能悶在心裡，說不出口了。他望著豆漿店牆角的那只電風扇，忽然有種天涯同命之感。電風扇卡了油後沒馬上清理，灰塵便一層層沾滾上去，繼續轉啊轉，越來越說不出扇葉原先是什麼顏色的。而有一天老闆要是裝了冷氣，想必不會費事清理，若非扔給回收的去拆零件，便是直接丟棄，連個「洗心革面」的機會都沒有了。想到這裡品達不禁暗自打了個寒顫。

然而事實說出了口，明娳又會有什麼反應？會跟媽媽一樣劈頭就一句「我早就勸過你……」嗎？品達感到所有的冤屈一下子湧了上來，明明他就是按著家人的期望安分在過日子的，為什麼只要出了差錯，家人就成了看事情看得比誰都清楚的旁人了？糾舉他的不是比誰都盡心盡力，卻似乎都是「為他好」。

品達看著小鵬心滿意足喝下最後一口米豆漿的樣子，決定暫時還是不要多說什麼的好。他不確定明娳是否會以比對待非有機蛋做的蛋餅稍加寬容的態度，來看待他的失業。

三個星期過去了，品達的新工作還是沒有著落。Facebook 上的聯繫突然像是停擺了一般，沒有人捎信息問他想尋找什麼樣的新方向，即便是兩星期前他已在斟酌半天後加上了一句「歡迎各位同學給點建議」。不單是網頁上無聲無息，寄出去的私人電子郵件和履歷表也如石沉大海。他的年紀和資歷似乎讓他卡在一個尷尬的處境，不上不下，乏人問津。

三星期來，品達抓緊各個送小鵬上學的機會來為每一天揭開序幕，但又不敢表現得過於熱中，以免明娴起疑。有時品達把車停在離小鵬學校不遠的公園旁邊，父子倆在車上吃明娴做好的早餐；有時他們回到那間客人不多的豆漿店去。剛開始幾次，明娴對營養學的各種意見還會不經意地從其中一人的口中冒出來，但漸漸地，父子倆在享用早餐時也同時享受片刻沉默帶來的安詳氣氛。小鵬偶爾講講學校發生的事，品達聽著聽著，也想起自己小學時候的生活。雖然是三十年前的記憶了，隱隱約約還是起了某種共鳴。

他記得老師曾說他是個品學兼優的文靜小男生，和男孩子玩不在一塊兒，倒是天天受女同學捉弄，比如說坐隔壁的紅蝴蝶辮子女孩總愛把他的橡皮擦或鉛筆給藏起來。一向把桌面和抽屜整理得有條不紊的品達，常悶聲東翻西找，找到快要哭了，她才笑嘻嘻地把藏起來的東西還回來，彷彿十分高興看到他內心充滿焦慮與煎熬，像欣賞默劇表演一般。倒不是不見的東西有多麼貴重非找回來不可，而是每學期初，品達細心選擇納入鉛筆盒的所有文具，對他來說都是屬於他的寶貝，就算是買了新的，意義也不同了。這些片段的記憶隨著小鵬的敘述一一浮現，而當小鵬說常「欺負」他的王小蘋很奇怪，畫了一張紅心卡片給他時，品達不禁莞爾——因為在記憶中紅辮子女孩也做過同樣的事。事隔多年，品達這也才恍然大悟：當她惡霸霸地把情書塞給他，語氣帶點不屑地說是幫另一個女同學寫的，原來不過是個藉口。

品達早已不記得辮子女孩的名字，中年級分班後再也不曾在路上遇見她，不知她是不是轉學了，但這遲來的開悟卻讓偶有陰霾的兒時記憶輕快明朗了起來。他笑著對小鵬說：

「王小蘋大概是很希望你多注意她，像你注意你的鉛筆盒一樣吧！」

說出這話的時候，品達自己都覺得驚訝。他一直以為自己正如母親和明娳所說的，不但像只悶葫蘆，還是隻不解風情的呆頭鵝，對人情世故缺少敏銳嗅覺，優點大抵是屬一板一眼、細心認真盡責這一類的。這一瞬間面對小鵬崇拜的眼神，他暗想原來自己活到作爸爸的年紀其實也沒有白活，原來他對人情世故也是稍稍能發表一些充滿人生智慧的看法的，原來……

原來作兒子的，還是有能以爸爸為榮的一刻。

品達目送小鵬走進校門，心裡忽然抽痛了一下，好似心臟被急速丟進液態氮裡，一轉念便變得不堪一擊。一個句子乘虛而入，讓他渾身發冷：

即便爸爸窩囊到連個新工作都找不到還不敢告訴媽媽。

鄧品達很少想起在他生命中消失已久的父親。後來那一段家中爭吵不斷的日子，他只記得自己一放學回家都是關在房間裡，用隨身聽來掩蓋一句比一句難聽的指責謾罵。他對父母爭執的內容完全沒印象，也不想留下任何印象。當時他只希望他們不要一怒之下拉開他房門，將他活生生捲進戰火之中燒個片甲不留就好。薄薄的門板對品達來說像是最後的屏障，他安靜地縮在床上看漫畫，連廁所也不敢去，直到夜深人靜時才偷偷拿著自製的寶特瓶尿壺去倒。

某夜，當品達以為門板另一端已經吵累熄火，各自就寢了的時候，鄧媽媽一雙在闃黑客廳中暗自流著淚的眼睛看見了躡足走向廁所的兒子。她先是默不作聲，在原地聽著他小心翼翼沿著馬桶邊緣倒尿的細微聲響。鄧品達不敢直接按下沖水鈕，於是將水龍頭開了一條細縫，用臉盆裝了水分批倒進馬桶。鄧媽媽將兒子的一舉一動聽在耳裡，搭配上從臥房傳來的震天鼾聲，無限擴大的悲憤忽然將她臉上的兩行淚收乾了。她想著自己這麼盡心盡力地維持這個家，沒想到父子倆一個比一個令她失望。一個無能又不懂體貼的丈夫，一個彷彿事不關己、沒心肝的兒子，這還像個家嗎？這可憎的局面讓她受苦卻無處可訴，講出去了人家是當笑話聽的。這樣拉著扯著不斷被翻轉捶打的種種心思在暗夜裡被消了音，揣進層層皮肉裡，像把包著肉餡的千層派放進爐裡烤到焦了，冒出陣陣嗆人的黑煙。鄧媽媽一邊盯著森森閃著青綠螢光的時鐘，一邊在這陣令人窒息的黑煙中依求生本能盤算起來。

當鄧品達摸黑放下臉盆，拴好寶特瓶的時候，背後一個黑影輕輕附著了上來。那一刻鄧品達心中七上八下，如被五色絲繩密密綁縛後，任人胡亂東扯西拉。他急忙想著要怎麼解釋自己的行為，剛轉過頭，正對上鄧媽媽那雙哭腫了的眼睛。

突來的恐懼讓鄧品達說不出話來，只能待在原地等待宣判，那一刻在他記憶中長得像一場世紀大審。

「……餓了吧？」鄧媽媽問。

鄧品達蹲在馬桶邊，猶豫了一下，點點頭。

「那我去下麵給你吃。」她說。

從配上這句臺詞的畫面以降，父親的身影漸漸淡出了鄧品達的腦海。最後一段在同個屋簷下共處的時光中，父親總是帶著他的碗筷獨自配電視吃飯，吃到一半便睡著了，醒來再繼續吃混在一起的冷飯菜，日復一日。綜藝節目在他重重垂下的臉上、身上閃著五彩光芒，罐頭笑聲也滲透不進他的睡眠。品達總是在把電視音量稍微關小後盡可能快步離開客廳，因為他不僅十分害怕聽到父親被驚醒後嘟嘟囔囔的埋怨，更怕聽到母親對這東倒西歪的不堪場面發出咬牙切齒的嗤嗤聲。

很久以前，可能是在天祥度蜜月的時候，品達曾在床邊講過這段往事給明娳聽，明娳一聽便道：

「你確定這一切是因為你爸在外頭欠了債嗎？」

品達愣了一愣，手支起頭：

「我也不知道，我媽是這樣說的。如果不是真的，為什麼這麼多年來她一直重複講不停？」

「你喔……」明娳一邊搖頭，一邊揉了揉品達的頭髮，像跟一隻好騙的綿羊說話似的。這是鄧品達第一次發覺自己的家庭故事是在五里霧中乒乒乓乓演完的，充滿了許多他說不上來的漏失細節，不去想也就覺得理所當然，想了卻也想不出個所以然來。

比如說，國二下學期的時候，母親帶著他搬了家，到外地從零開始，甚至作主把他的姓都給改了。她說是因為他那無能的爸爸做生意失敗的緣故，為了不讓債主找上門來，他們母子倆乾脆改頭換面過新人生。劇情發展是很合理，但品達不知為何，總覺得鄧媽媽在「母子相依為命」的良好感覺中帶有一絲勝利的快感。雖然明娳當下把這個感覺詮釋成「鄧媽媽只剩他一個兒子可依靠，難免占有欲強了一點」，他還是覺得有些不對勁。他翻過身去，頭枕在雙手上，看著塗得粉白的天花板，悶聲道：

「我追問過後來爸爸怎麼了，我媽只說他燒炭自殺了。我沒敢再問下去，不知道自己在害怕什麼。」

明娳沒有答腔，但給了品達一個淡淡的笑，像是在說「你自己都不知道了，我又怎麼能知道呢？」這樣的表情讓品達感到退縮，他意識到在戀愛關係中可以盡情顯露出的惶惑，似乎不適用於婚姻生活。明娳在婚姻生活中希望看到的是一個知道應該怎麼做的一家之主，至少表面上該是如此。對過去人生的茫然該由他自己做個總結，因為她沒有辦法同時兼顧婆婆、丈夫的情緒，還一邊想著或許正在成形的寶寶。品達望著燈下穿著薄薄睡衣的明娳，忽然感到一絲嫉妒。才新婚不久，她似乎毫無困難地就過渡到了為人妻的身分，而他卻總是後知後覺。知覺後伴隨而來的惴惴不安暴露在濕冷的空氣中，讓鄧品達十分難為情。大家都說他是個腳踏實地的人，知道選擇最安穩的路，有了好文憑，有了好工作，又有了賢慧的妻子，這種人生漂流感不是他這種人應該拿出來講的。當時鄧品達覺得其實大家說得也對，於是一股腦地又將自己釘回地面，一把掀起明娳的睡衣，把玩她豐滿的乳房，然後妥善運用了蜜月假期讓明娳順利受孕。人生的路自此又穩妥了。

而一轉眼之間，品達那像為了抵抗什麼而噴射出的精子化成了小人兒，正背著書包走過穿堂。他留在原地，驚覺這條人生路上只要一個環節出了錯，他便又被拋回恐懼的原點，眼睜睜看著整盤下好的棋子猛然四散，露出棋盤下一大片惶惶的底色與格線。格子裡的他蹲在馬桶邊希望就此隱形；格子裡的爸爸人在電視前卻完全與外界失聯；格子裡的媽媽在客廳裡獨自翻扯積累的怨憎，行將沒頂；格子裡的明娴在蜜月床上畫出了婚姻生活的準則線，嚴守角色分際起來，而小鵬……小鵬可能即將從另一頭跨過楚河漢界，加入他們的行列。鄧品達彷彿聽見小鵬不知道什麼時候學成的一種小大人語調，走進格子後才剛站定，便向世人宣布：

「其實我爸爸天天帶我上學，是因為他失業了。」

艾明娴的一天在送丈夫和兒子出門後也開始了。她將待洗的衣物分類好，丟進兩臺洗衣機中，趁著它們各自轟隆隆運轉的時候，站在廚房裡吃完了早餐，然後抓起菜籃上市場去。這是個再尋常不過的一天的例行開場，但原本應該在菜籃裡的購物清單卻不見蹤影，一下子打亂了這個早晨的日常節奏。明娴在市場入口東翻西找了一陣後，決定放棄昨夜睡前擬好的菜單。她逛過蔬果攤，隨意買了幾把標榜經農藥殘留檢驗的青菜，挑了幾個有機蘋果，然後心神不寧地逛到市場另一頭的雞肉攤前，站定後又稍微退開一步，好與檯面下嘰嘰咕咕的幾籠雞保持距離。

肉販熱絡地招呼明㛤，說：

「鄧太太，早啊。妳婆婆一早才剛來買過拜拜用的雞。妳今天是要半隻還是雞腿就好？」

明㛤喔了一聲，想了想，回道：

「半隻好了，這幾天天氣轉涼了，晚上來燉個雞湯。」

「那看妳要哪一隻，我馬上宰給妳。」他指了指最上面那一籠，又建議：「要不要乾脆整隻帶？這種珍珠雞，肉很讚，燉全雞湯也比較甘。」

明㛤的視線落在籠裡擠得動彈不得的雞，幾簇黑色、紅色帶棕色的羽毛從籠裡伸了出來，隨著牠們的嘰咕聲微微抖動著。明㛤迴避牠們滴溜溜轉動的小黑眼睛，隨手指了一隻看起來很肥美的，說：

「那不然就帶一隻吧，對半切就好。」

老闆熟練地抓住那隻雞的翅膀，把牠從籠子裡拖出來，秀給她看。明㛤點了點頭，在他要拿刀放血的時候，連忙擺手說：

「老闆，交給你處理了，我等下再回來拿。」

然後便急急忙忙轉身，想趁雞開始慘叫掙扎前快步離開。買了這麼多年的現宰雞，明娳還是很難習慣這樣的場面。每周末到大賣場，她都告訴自己乾脆就買冰櫥裡已經切好分裝的肉就好了，可是婆婆那種不贊同的表情立刻就浮上來了：大賣場裡賣的都是肉雞，抗生素打一大堆，又切開那麼久，不管什麼肉，都不新鮮了，誰知道那些標籤是不是快過期前又重貼的……種種精闢的資深主婦觀點不容她辯駁。更主要是因為婆婆住得不遠，在這市場買了二十幾年的菜了，沒有一攤她不認識的。雖說依照約定，他們夫婦倆是每個月會帶小鵬去看她一兩次，但明娳每天買了什麼菜煮給她兒子和孫子吃，恐怕她只消在市場巡視一圈，就都瞭若指掌。

想到這裡，一陣無力感便湧進了明娳全身。她跟鄧品達結婚前，她媽媽不是沒勸過她，寡母獨子，以後累的可是自己。那時品達每天早上準時來她家樓下接她到雜誌社上班，晚上又送她回家，不單是風雨無阻，對她爸媽更又是殷勤有禮。連一向寵她的爸爸都放心把寶貝女兒交給他照顧了，她就想不明白自己的媽媽哪來這麼多的偽善心思，人前稱讚準女婿體貼能幹，人後老是要詛咒她以後有得好看。向來與母親針鋒相對的明娳於是一心想要證明什麼寡母獨子的全是濫調，她未來的婆婆意見是多了點，但倒不至於是非獨攬大局不可的那種——跟她媽媽那種沒工作過一天的全職家庭主婦不一樣！明娳當時想，鄧媽媽畢竟是小學老師，雖然免不了諄諄教誨人的習慣，但有她自己的生活圈跟新觀念，比如說，婚前鄧媽媽一早表明贊同他們另買房子，組小家庭，說偶爾回來看看她，有空打打電話就好。面對這麼開明的態度，明娳當然是賢慧以對，後來甚至提議在婆婆家附近置產，好互相照應。原以為離開一個一張嘴就是批評的母親後，面對的會是一個關心但不多心的婆婆，沒想到人不見得常出現在跟前的婆婆，遙控的本領倒是一流的。新婚不久明娳便漸漸體會到了這一點。

好比就買菜這一項來說吧，在進行思想滲透前，婆婆先是在市場實地調查過，根本不必盤問她兒子孫子每天吃什麼。接下來，她只需輕描淡寫地在電話中由報章雜誌新知起興，便足以讓明娳明白她哪裡做得不夠好，宜盡速改進。但由於婆婆表面上總是客客氣氣的，明娳也無從發作起，久而久之自練就了一套應對工夫，逢場作戲，幾年來也相安無事。然而她對各種健康有機食品的偏執，卻不能不說是因此漸漸養成的——隱形的手指彷彿不斷在她背後指點出各種正確的選擇。

明娳經過每星期二來市場賣女性內衣褲的那一攤，往人潮間隨意採看展示的商品。戴麥克風的女老闆站在堆滿蕾絲內衣褲的攤位上吆喝著這裡三件一百，那裡一件三百。為了證明內褲的優質彈性，她在自己的牛仔褲外連套了三件，直嚷要買要快。當她看見明娳順手抓起了一件蕾絲內褲，在指間摩娑時，隨即招呼道：

「太太有眼光喔，整批日本進口，便宜賣便宜賣，一件三百，三件七百五。」

明娳頓時失笑，這個價錢簡直逼近她從前在百貨專櫃買的內衣褲，然而菜市場牌的質感卻差了一大截。眼看女老闆已經隨手抓了三件裝進塑膠袋要塞給她，明娳退了一步，說：

「太貴了，內衣褲隨便穿就好。」

話說出口連明娳自己都覺得不可思議。不勞女老闆教育她女性魅力的重要性，明娳的心神早已飛到千里外。以前她在雜誌社工作，下班經過百貨公司時，總是會繞到內衣專櫃去看看有沒有新到的貨色。她那時有好幾家專櫃的貴賓卡，不單是每個專櫃小姐都說她胸型好看，穿起國外進口的內衣都不用襯墊，連拍封面的專業攝影師都說他們雜誌的內衣專題根本不用另外請模特兒。

明娳忽然記起那雙粗糙的手有多麼滾燙。某個星期五跟拍完以後，模特兒和同事都走了。那雙手卸下還滾燙的燈，脫下手套，探進她毛衣的領口，發現蟬翼似的淡紫光面蕾絲層層裹住她渾圓密實的乳房。她沒有拒絕，這緩緩被發現、揭露的過程讓她渾身顫抖不已。那雙手捧住她的臀，回頭看了還立在他們身後的相機。在鏡頭中心的明娳從來沒有那麼潮濕過，底褲的淡紫蕾絲從中滲出果核的形狀。那雙滾燙的手毫不費力地探入她深處，這是明娳最貼近真實自我的一次。

可是毫不費力就探進她深處的手，她費盡所有力氣也是留不住的。

明娳提著一整隻已去毛對切的雞，拖著菜籃，恍恍惚惚踱步回家時這麼想著。已經十一點了，她似乎完全忘了十二點鐘要給小鵬送便當的事，腦中滿滿是那雙手怎樣毫不費力地也深入其他為它而開的私處。

大學時代明娳是文學院出名的人緣小姐，辦活動、搞聯誼，只要有她參加，報名人數便明顯激增，永遠是男多於女。明娳年年情人節都收到許多追求者的禮物，收下後也不正式和誰交往。既然沒有哪一個讓她一見傾心，她總想，就像爸爸說的，慢慢觀察也不遲。明娳爸爸難得的表態，總讓她媽媽在旁邊酸女兒到時嫁不出去。明娳聽在耳裡更覺得愛情至上，寧缺勿濫，所以大學四年，在校園裡大家總是看到明娳跟不同追求者走在一起。問她對誰有感覺，她都說大家像朋友一樣的感覺很好。汰舊換新了好幾輪後，這些以朋友之名圍繞在她身邊的男孩漸漸各自找到了伴，不再定時出現在她跟前。而面對許多孤注一擲的最後表白，明娳仍舊採取順其自然的態度，不置可否，把交不交往的問題又扔回了對方身上。因此到大四的時候，連最資深死忠的追求者也放棄了。不再被男孩簇擁的明娳，便跟一兩個知心的學弟繼續維持那樣似有若無的曖昧關係。明娳憶起其中一個，在黎明前載她到白沙灣看日出的小蔚，那樣臨時起意的狂熱曾經感染了她。他小狼似的半長髮露在安全帽外面，隨風不斷拂過明娳的臉……沿路上幾乎沒有路燈，只聽見機車筆直疾行的引擎聲。明娳在這場新鮮的冒險中忽然感覺和小蔚成為了不可分割的伙伴。

那一夜在一片漆黑的海邊，明娳獻出她的初吻，整整一夜陶醉在一種前所未有的狂喜之中，將所有心事傾洩而出，變成了一個傻氣的女孩。天亮後，小蔚載她回家，轉身便成了一個陌生人，留下她一個人灰頭土臉地為自己的錯覺贖罪。贖什麼罪？小蔚讓她成為了過去所有追求者的笑柄——原來傳說中的矜持慎重不過是表象，剝開來跟其他女孩沒什麼兩樣，不知道為什麼可以唬弄大家這麼多年。也許能站在輕鄙的位子上讓他們心裡舒坦多了，不再像是遭拒的失敗者，倒像是正義之師；也許他們並不真的是這樣看她的，但在明娳的想像中，愛情和欲望一前一後都讓她成了一只可悲的玩偶。

當那雙在暗地任意操弄她的手已不願在她精心挑選的成套內衣上逡巡時，明娳為自己仍濕濡難耐的私處感到無比羞愧。於是像為了彌補什麼過錯一樣，明娳拉了自己一把，不知不覺走回她母親心目中的正途。她接受了不知情同事正正當當的介紹，正正當當地認識了鄧品達，正正當當地交往、結了婚，正正當當地離開了薪水少得可憐的雜誌社和那雙讓她淫蕩卻不敢聲張的手，正正當當地開始扮演起賢妻良母的角色。一轉眼間八九年過去，她只剩下一個高不成低不就的鄧太太身分。

還有小鵬。

明娳把那袋雞肉洩憤似地丟進水槽，蒙著臉坐在廚房冰涼涼的地磚上，感覺底褲上因回憶而暈出的一片果核正一點一點收乾。愛情和欲望，什麼都沒有了，只剩下褲底的乾白印子不斷地召喚著從前的鬼魂。明娳露出譏諷的笑，想著自己不當玩偶以後，卻也成了家用的人偶，殊途同歸。她母親種種惡毒的預言竟然不過是人生客觀的描述。

而便當還是要送的，日子還是得繼續過下去的。

明娳默默地站起身來，看了看時間，迅速地決定了中午便當的菜色。

這天晚上鄧品達一家在餐桌上沉默地喝著雞湯。明娳將載浮載沉的雞頭撈出來，給小鵬又添了一些紅蘿蔔和香菇。小鵬本想推拒，但看到媽媽很堅持的表情，硬是把到嘴邊的「不」字連著紅蘿蔔吞掉了。明娳發現最近小鵬晚餐時候的胃口變差了，不知道是不是偷偷跟同學到福利社買零食吃。然而疑心歸疑心，小鵬帶回來的午餐便當盒並沒有任何剩下的飯菜。她於是告訴自己還是再觀察一陣子再說，或許睡前叫品達下星期直接把小鵬的零用錢丟進他的撲滿——小鵬自己選的小鴨撲滿是沒有活動自如的橡皮塞的，只進不出。明娳一邊想，一邊望著品達小心翼翼地把湯裡的薑片挑掉，一口一口地吹著熱湯。

「對了，今天下午你大學同學陳濟民在MSN上傳訊給你。」明娳說。

品達暗吃一驚，不曉得自己什麼時候忘了登出。他繼續低頭吹著湯，裝作若無其事地問：

「哦？……好久沒他的消息了，他說了什麼嗎？」

「沒什麼，我跟他說你人在公司，家裡電腦是自動登入的。」明娳回答，又加了一句：「他說他剛從歐洲分公司調回臺北，明後天打電話給你。我給了他你手機和辦公室的電話。」

「……嗯。」品達含糊地應了一聲，想著明天送小鵬上學後，要先到郵局去解一張定存單，好繳下個月的卡費和貸款……等會兒趁明娳去洗澡要趕快從保險櫃拿出來。這件事情辦完後他就可以安心了。但那陳濟民不知道什麼時候會打來？品達暗暗希望不要是早上。這三個星期他送小鵬上學後，通常是繞遠路回公園，中途先在便利商店買報紙，再回到涼亭坐一個上午，邊看報，邊看老人跳土風舞，然後去水池邊買一包飼料餵魚，繞著池子將飼料一顆顆丟進水裡，務求每條鯉魚都吃得飽，完全不去想失業這件事。這樣漸進地開始每一天讓他減輕了不少每日醒來時的焦慮，現實人生在他中午去自助餐店吃完便當後才慢慢開始回滲。品達每天下午都到同一家咖啡店上網找新工作，消磨剩下的時間，然後一如往常地下班回家。雖說每日的努力都如同白費了一樣，令他十分氣餒，但重複過這種規律日子至少能讓他免於失眠之苦。

「陳濟民我幾年前在同學會上見過吧？」明娳忽然問。

「呃……有嗎？妳去的那一次他有來嗎？」品達側著頭回想上一次見到陳濟民是什麼時候，又應道：

「他每年回一兩次臺灣，時間都很短，不見得碰得上同學會的時間。」

「……陳濟民應該就是帶法國女友來參加的那個吧？」明娳迅速地在記憶中找到正確的對象。他們那一票同學趁他法國女友去洗手間的時候，起鬨給了陳濟民「臺灣之光」的稱號，吃吃的笑聲直傳到了她們這桌太太桌。

「對，」品達說：「他女友中文講得不錯啊。」

「這我就不知道了，她和陳濟民同進同出的，我們這桌可沒機會認識她。」明娳頓了頓，又道：

「這回他是帶太太回來定居的。我猜是同一個。」

「是嗎……」品達做了個「我不清楚」的表情，暗自提心吊膽，不知道明娳在線上和陳濟民又聊到了什麼。他不記得陳濟民是不是也在Facebook上，想必他不常連線，應該也不會看到他最近在塗鴉牆上留的訊息。想到這品達稍稍放了心，告訴自己應該是因為從國外回來的同學，讓明娳印象特別深刻，所以多提了幾句。

陳濟民的話題到這裡是結束了。明娳開始收拾餐桌，小鵬幫忙品達把用過的碗筷拿到廚房。品達捲起襯衫的袖子，開了熱水洗碗。小鵬站在他旁邊看，像是有什麼心事要告訴他。

「你明天的書包收好了？」品達問小鵬。

小鵬點點頭。

「聯絡簿也給媽媽簽過了？」

小鵬又點點頭。

這時明娳端著剩下的湯進來了，她對品達說：

「對了，下星期一你媽媽生日，要不要這周末提前慶祝？」

品達一反常態，完全忘記了這件事。他把水龍頭關上，問：

「那今年要準備什麼禮物？」

「能送的我們每年都送過了，你媽媽都放在衣櫃裡捨不得穿，也捨不得用。買蛋糕的話她嫌鮮奶油卡路里高，會阻塞心臟血管……我看還是去訂一家比較清淡的餐廳，一起吃飯慶祝吧。」明娳建議道。

品達點頭表示贊同。明娳說了聲餐廳由他選以後，便催促小鵬去洗澡睡覺，再三叮嚀他明天下課後要先練琴，自己則到後陽臺去收烘好的衣服和被單。

半夜一點，當明娳終於在閃爍但無聲的電視螢幕前摺好最後一件被單，品達跟小鵬都已睡熟了。她揉揉開始痠痛的肩頸，把不斷重播的新聞畫面按掉，感覺眼皮沉重得快要垂蓋住眼睛。她把剛摺好的衣物疊放進收納箱裡，推到一旁，躺進沙發，沒兩秒鐘便陷入一種半夢半醒的狀態。她知道自己應該起來洗個熱水澡，然後回房間去睡，但四肢像鉛一樣重，移動不了分毫。她想，那小睡一下，應該去拿條毯子蓋，把客廳氣窗關緊，才不會著涼。還正昏昏沉沉地想著，忽然之間，她便聽到了關窗的聲音，飄浮的魔毯輕輕降落在她身上，燈光也變柔和了。她蜷起身子，順勢把冰冷的雙腳縮進毯子下，輕輕相搓，等著足心從裡到外都溫暖起來。明娳的眼睛是閉著的，但感覺周圍的空氣浮動著。她偶爾睜開眼睛，看到客廳的一角，畫面又全黑。她好像聽到時鐘的滴答聲，拖曳著，拖曳著重物，但是家裡沒有鐘擺……又好像是老電視的轉盤，年久失修，發出不太順暢的喀喀聲，然後有人把螢幕前的摺門一點一點拉上了……這是哪裡來的東西？家裡沒有這個。明娳又睜開眼睛。品達背對著她，在翻找著什麼。畫面全黑。明娳想自己可能開始作夢了，眼球好像開始自由轉動，眼皮搧呀搧的，彷彿快要蓋不住眼球，發出像把信從一疊廣告單裡抽出來的唰唰聲，一張、兩張……很輕、很細、很奇怪的聲音。明娳覺得有些納悶，但眼前黑沉沉的，很厚實的一片黑，明明知道它背後透著光，卻很難突破。不知道過了多久，當她再努力睜開眼睛，品達的全身都在抖動，他捏著鼻子蹲在客廳的一角哭，像被消音的畫面。

明娳瞬間醒了過來，側躺在沙發上不敢動彈，深怕一動作便讓丈夫難堪。她靜靜看著品達對著自己幼稚園的入學表格涕泗縱橫，在他轉身前閉起了雙眼，讓他有足夠的時間收拾好一切。

鄧媽媽六十三歲生日原本預定提前在星期天中午到高級日本餐廳慶祝，但品達打電話訂位的時候，周末午餐時段都已經客滿，只剩下晚餐時段，套餐價位則是午餐的兩倍。鄧品達猶豫了一下，算了算戶頭裡的存款和本月支出，還是先訂了星期天晚上的包廂，回家後才和明娳商量該怎麼辦，不過對價差一事卻隻字未提。

明娳知道婆婆注重養生，晚餐不願意吃太飽、太油膩，但如果延後慶祝了，想必心裡又不高興，覺得大家不重視她的生日。兩相權衡之下，明娳要品達先打電話問問他媽媽的意思，沒想到這一回鄧媽媽一點意見都沒有，高高興興地說晚上七點好，這樣她還來得及去美容院做個頭髮。

於是星期天晚上六點半，鄧品達一家難得開開心心地往餐館出發。天暗得早，水銀路燈才剛濛濛亮起，小雨斜斜地飄在燈前，一路上視線也稍微受到影響。明娳事前從網路上印下了地圖，坐在駕駛座旁幫品達看路，一邊回過頭跟婆婆說這餐廳有配好的套餐，聽說很豐盛，有雪花蟹、松阪牛什麼的。鄧媽媽拉著小鵬的手，點點頭說這樣很方便，然後問小鵬：

「小鵬很喜歡吃螃蟹，對不對？」

小鵬想了想，說：

「可是吃螃蟹很麻煩。」

明娳忙接口道：

「小鵬很少吃到螃蟹，因為我不會煮螃蟹。」

「螃蟹可以用蒸的，煮湯也不錯。上次妳坐月子我就弄了個紅蟳油飯，味道應該還可以吧。」鄧媽媽說，聽起來不太像是個問句。

明娳應了聲味道不錯，原本想就此結束螃蟹的話題，以免婆婆把家傳食譜又拿出來複習一遍，這下子她不試著練習煮螃蟹都不行。一旁的品達遠遠看到紅燈，開始減速，車停下來後卻訥訥地道：

「那鍋油飯後來都被我吃掉了，因為有很多螃蟹。」

明娳有點詫異地看向品達。她不知道原來他喜歡吃螃蟹，因為他一向對吃的不甚挑剔，從沒主動要求過飯桌上要有什麼。

鄧媽媽沉默了一晌，忽然說：「……以前你爸爸牙齒不好，卻跟你一樣，也喜歡吃螃蟹。」

這下子沒人敢再答腔了，深怕一不小心就說錯話。小鵬對著車玻璃呼氣，用手指在白霧上畫圈圈寫字。明娳則專心看起地圖，告訴品達下個紅綠燈要左轉。綠燈亮了，品達放下手煞車，陷在各自心事中的一家人再次緩緩起動。品達依明娳的指示左轉，車燈掃過高架橋下幾乎全黑的路面，短暫地照亮了兩旁闃黑的夾層停車場。一輛輛無人駕駛的計程車靜止在半空中，窗玻璃後藏著一個個深不可測的黑洞，一路排列延伸到高架橋的另一端。也許有司機開著無線電躺在車裡休息，但從外看去是一片死寂，彷彿鬼域一般，與前方閃爍著各色招牌的人間明顯區隔開來。

紅燈又再次攔下了鄧品達一家。橋下的黑暗從左右兩邊包夾，擠壓著車窗，一家人不同步的呼吸聲分外被放大，遮蓋了滴滴答答下不停的雨聲。鄧品達從這間隙中隱約聽出了喀、喀、喀的聲響。他不知道這是不是他的幻想，在同樣昏暗的記憶角落，好像的確曾經有過他們父子倆圍著一鍋炒蟹腳啃咬的畫面，但是沒有對話。這是什麼時候的事了？他不敢開口問，只在心裡將這短暫的印象翻來覆去地沖洗。一個紅燈的時間，父親的形象開始如鬼魅般顯影，輕輕附著上浮著白霧的車窗，加入了他們一家的慶生晚餐。

鄧品達一家四口在典雅的小津包廂裡坐定，暈黃的光線從上打亮了茶色方桌。除了桌上竹葉色澤的深淺杯盤清晰可辨以外，用餐者只要稍微往椅背靠，便會沉入桌緣的陰影之中，彷彿退出了談話一般。明娳剛坐定，便對侍者說這樣的打光設計好像把重點全放在食物上。侍者微微一笑，有禮地詢問是否要把燈調亮一點。明娳看向婆婆和丈夫，用眼神詢問他們的意見。品達不置可否，鄧媽媽則說：

「沒關係，這樣比較有氣氛。」然後問小鵬：

「小鵬覺得怎麼樣？」

小鵬觀察了一下明娳的表情，並沒有任何反對的跡象，於是很嚴肅地學著奶奶的口氣說：

「我也覺得這樣暗暗的比較有氣氛。」

小鵬的口吻逗大家笑了。小鵬雖然不明白自己的意見哪裡好笑了，看到爸爸喃喃稱他是小狗腿，也跟著大人笑嘻嘻起來，氣氛頓時輕鬆不少。品達為家人都點了一份精饌套餐，徵詢母親的意見後又開了一瓶紅酒。明娳則藉機提起上回婆婆轉給她的醫學新知，據說每日喝少量紅酒有益身體健康。鄧媽媽點頭稱是，率先品嘗了這瓶紅酒，並稱讚品達選得好，然後看著侍者又給她倒了半杯。

明娳和品達交換了一個眼神，夫妻兩人都有點訝異鄧媽媽今天的好興致，不但對什麼都沒有意見，還主動稱讚兒子的選擇。鄧媽媽三年前從小學的教職退休後，就很少外出用餐。昔日的同事、朋友找她出去聚餐，她都以各種理由推拒掉了，然後對品達和明娳說是外面餐廳的菜太油膩，她吃不慣的緣故。久而久之也沒什麼人會再願意找她出去了。鄧媽媽退休後的社交範圍於是僅止於社區大學的各種課堂上，她同時報名了不少課程，但仍是謝絕一切課後交誼活動，沒人知道她在彆扭什麼。

吃過了開胃小菜、一盤綴有小黃菊花的冰鎮生魚片和蘆筍鮮蔬沙拉，一瓶紅酒已經見底。小鵬因為還小不被允許吃生魚片，改吃蒸魚，所以菜上得比較晚。鄧媽媽放下自己的筷子，仔細幫小鵬把細魚刺給挑掉，邊挑邊說：

「這魚是滿新鮮的，可是阿嬤記得小鵬比較喜歡吃螃蟹，對不對？」

小鵬跟品達同時抬起頭，看著鄧媽媽微有醉意的酡紅雙頰，一時間不知該作何反應，明娳則順著問句自然回道：

「小鵬不太會吃螃蟹，他不知道怎麼剝殼。」

鄧媽媽忽然抬起熠熠發光的眼睛，望著對面的品達，卻彷彿視而不見，然後自己喃喃地道：

「剝殼很簡單，有鉗子……有鉗子就好辦了。」

品達的半張臉沒入了陰影中，獨自又聽見了喀、喀、喀的聲響，比第一次更加清晰，同步出現的畫面是他抓著蟹鉗送進嘴裡咬。咬開了堅硬的蟹殼後，他用十隻黏答答的指頭扳開碎殼，事倍功半地挖蟹肉吃，然後意猶未盡地吸吮著管壁的汁液。畫面中沒有鉗子，也沒有父親，是他記錯了？還是母親後來才聽人說有專門用來吃蟹肉的鉗子？

明娳拍了拍品達的肩膀，把他從記憶中拉回現場，重複了侍者的問句，說：

「人家在問是不是要再開一瓶紅酒。」

「媽，今天是慶祝妳生日，妳覺得呢？」品達對母親說。

鄧媽媽似乎沒聽懂這個問句，她露出一種欣慰的笑容，回答：

「我今天很開心，我兒子媳婦帶我來吃這麼高級的餐廳。每次王美霞都跟我炫耀她兒子多聰明、以後會多有成就，我就是不肯跟她比這些……」

王美霞是鄧媽媽以前師院的同學，兩人後來還共事了好些年。鄧品達記得王媽媽有段時間常常來家裡串門子，和母親十分要好，後來不知怎地就很少出現了。品達見母親答非所問，看樣子是有點醉了，有些尷尬地改點了礦泉水。

「這個王美霞……陰魂不散，每次打電話來就是要炫耀……我才不要拿我們品達跟她兒子比……」鄧媽媽低聲埋怨了一句，眼睛直盯著桌上剛架起的小炭爐和蒲葉，問：

「這是什麼？」

「等會兒烤牛排用的。」明娳回答，像是突然想起什麼，又問：「媽，妳是不是不吃牛肉？我請他們給妳換道菜？」

鄧媽媽像個孩子似地搖搖頭，說：

「不用了，你們吃。我吃別的就好。」

撒了玫瑰鹽的牛肉還在爐上烤著，一盤雙色花壽司、鮮蝦和鮭魚卵手卷色彩斑斕地掠過眼前，擺上了桌心。鄧媽媽喝了口茶，問上菜的侍者：

「螃蟹呢？我孫子很喜歡吃螃蟹的，什麼時候會上？」

侍者回答今晚的套餐裡螃蟹是最後上的，會煮成味噌鍋。鄧媽媽滿意地點點頭，又對小鵬說：

「小鵬，你喜歡吃螃蟹對不對？阿嬤的份等下留給你吃……」

這回連明娳也噤口了。她不知道婆婆是醉了，還是真的記不得，只得當作沒聽見這個不斷跳針的問句，臉上掛出一種溫和卻疏離的微笑，用筷子輕輕撥動蒲葉上的炭烤牛肉。然而同樣的話重複刺在品達耳裡，卻像是母親惡意抹去他和父親的存在，用小鵬來替補，變相地嘲笑他怎麼努力也拼湊不全的記憶。一兩滴肉汁不小心跌入了炭火中，激起一陣嗤嗤黑煙，品達再隱忍不住糾纏了他一個晚上的畫面，他低吼道：

「是爸爸喜歡吃螃蟹！妳為什麼沒看到他在那裡等？他明明咬不動，妳為什麼就是不幫他，還在那裡笑！妳是故意讓他吃不到的……」

無法斷絕的輕蔑嗤笑壓迫著品達的耳膜，讓他在一片混沌不明的嗡嗡聲中暴擠出這些連他自己都不太確定在表達什麼的字句。那隻等待下鍋的肥美雪花蟹就在母親身後，鮮紅中帶白點，棲在翠綠蔬菜和新鮮野菇上微動著鉗子，彷彿一息尚存。品達往牠的方向指，一臉飢餓的父親像個淡淡的白影子，守在冒著熱煙的味噌鍋旁探看，一次、兩次、三次……最後放棄了，消失了，連出聲喚住他都來不及。品達的臉因無預警襲來的失落感而漲紅，成串指控猛然掙破了封條，不停向外迸射。想一併為父親代言的品達不斷地說話，事實上根本抓不住字句之間串聯出的意義。他彷彿隔著被告席的玻璃窗聽到自己激動地抗辯著、重複著：還要比什麼……為什麼一輩子比較來比較去……不然呢……不然妳要我怎麼辦……這樣才會滿意嗎……滿意了嗎……

「別說了。」最後是明娳按住品達手臂，低聲在他耳邊勸住了他。

鄧媽媽的眼淚嘩啦啦像瀑布一樣滾下來，全身抖得像快要墜落的枯葉一樣。她邊用手背用力地擦眼淚，邊口齒不清地說：

「他說人家美霞都會幫他把蟹肉掏得好好的……都掏得好好的等他吃……他就算死了我也不原諒他……這種女人……他們為什麼不一起死一死算了……」

品達怔怔看著母親傷心地痛哭起來，像一腳忽然踩空，從五里霧中跌進了一個缺氧的地窖。他什麼話也說不出來，眼睜睜看著死在裡頭的是他所有關於父親的記憶。他一半的人生像被倒帶消磁，瞬間歸了零。

鄧品達一家將烤焦的牛排和整鍋螃蟹味噌原封不動地留下，謝絕了侍者提議打包的好意，然後一起吃完了甜點才靜靜地離開。

回程的車上瀰漫著一種極度疲憊的氛圍，沒有人開口說話。鄧媽媽縮在後座一角閉目養神。小鵬繼續在窗玻璃上畫畫。明娳則思忖著兒子剛才偷偷告訴她的事。

小鵬說，阿嬤每天都去校門口等他放學，陪他一起去安親班，而且常常帶孔雀餅乾給他吃。她每次都忘記他說過不喜歡吃孔雀餅乾，陪他走到安親班的一路上還是會一直塞給他。小鵬想可能是阿嬤自己很喜歡吃，所以就陪她一起吃了，但是他還是覺得有點奇怪，因為她老是會問同樣的問題，然後不斷叮嚀他不要告訴媽媽，不然媽媽會不高興……

明娳看著窗外流動的招牌一一熄了燈，猶豫著是否應該找個機會告訴品達，也許明天早餐的時候……今晚大家都累了。

快到母親家的時候，品達忽然宣布明天起他換公司工作了，像是準備了一個晚上的講稿找不到時機說，最後只得突兀地一筆帶過。明娳輕輕喔了一聲，反應不如品達預期。或許是因為婆婆在場的緣故，她並沒有質問丈夫為何做決定前沒先告訴她，只隨口問了一句為什麼。

「我大學同學陳濟民請我去他們公司幫忙，老同學了，再說待遇也不錯。」品達從照後鏡中看了母親一眼，看似希望能用這樣的理由說服她。雖然陳濟民電話中說的是明天先到他們公司跟主管面談，但總算是個好消息，多添了幾筆顏色應該不算欺瞞吧……品達頓了頓，帶著一種彌補和討好的心態，補充道：

「他們是外商公司，假也比較多，以後我們就可以一起出國玩了。」

鄧媽媽兀自閉著眼睛，完全置身事外，裝作沒有聽到他宣布的消息，用這樣的姿態懲罰兒子。明娳則只是點點頭，看起來不太相信他信口開出的支票。品達突然間覺得自己傻透了，都已經快四十歲的人了，不知道為什麼還老要想盡辦法粉飾自己的所作所為，而他不管怎麼做，好像都很笨拙……

「阿嬤……」小鵬輕喚身旁的奶奶。

鄧媽媽張開眼，看見小鵬在車窗上畫給她的生日蛋糕。品達從照後鏡中瞥見了這一幕，匆匆垂下視線，覺得自己像是不該旁觀的外人。

鄧媽媽下車時連再見也沒說，只對小鵬揮了揮手。品達捲上布滿水珠的車窗，臉色沉重地把車往家裡開。明娳揉了揉他的頭髮，說：

「下星期就會好了。」

品達微微張開指間，讓明娳的手指能夠滑進縫隙，像新婚時那樣扣住他擱在排檔上的手。小鵬已經半躺在後座睡著了，皺著眉，偶爾說兩句夢話，彷彿夢裡出現了什麼讓他憂慮的場景。

品達把車停在家門口，暫時將引擎熄火，深深嘆了口氣。他知道明娳說得對，下個周末在電話中一切都會恢復正常，彷彿什麼事情都沒發生過，但是誰也沒有忘記發生過的事……然而時間慢慢過去，發生過的事會在腦海中漸漸褪色，沒人再提起的那部分將一塊一塊剝落，漂流到看不見的角落。一家人因此得以回到原來的生活軌道，直到下一次又撞上了暗礁……品達知道自己這次的偏航已悄悄畫下句點，明天起他若有了新工作，他又是個正常人了，沒有了過去至少還有未來。

明娳則在深呼吸間重新回到了白楊步道的入口。深邃山洞的盡頭透著一圈白光，難以目測它的長度。她還猶豫著要不要走進去，背後已有數輛遊覽車沿斜坡停下，大批遊客鬧哄哄地下了車往洞口走來。品達牽起她的手，努力按捺住自己對未知與黑暗的恐懼，扶著欄杆領她一步步往另一頭走。整個下午，他們經過一個又一個沒有任何照明設備的彎曲山洞，最後來到了水濂洞前。他們鼓起勇氣，試著說服自己冒險有益身心，一前一後沿著岩壁旁越來越狹窄的步道摸索前行。淙淙水聲在黑暗中的回響分外嚇人，品達和明娳看不見彼此，只感覺水柱從四面八方噴濺到身上……在全身濕透之前，他們倆都膽怯了，匆匆折返回洞口，望著衝過水陣的少年少女們在不遠處的出口嬉鬧著向他們揮手，濕淋淋的一群小獸，連雨衣也沒準備——對於他們夫妻之間的極限，明娳與品達總是找得到藉口迴避不提的。這樣的默契於是成就了一個家。

品達先抱小鵬上樓去睡了。在車裡等的明娳倚著家庭房車舒適的皮椅背，仍是有點感傷地想起她婚前的人生。許多的「如果」一同隱沒在那最後的水濂洞裡，順水越漂越遠……也因此「如果」顯得分外淒美迷離，特別是每個星期天的夜裡，當一切沸沸揚揚的家庭活動都結束了以後。

明娳一邊鬆開安全帶，一邊隔著她築在筏上的家，往反方向張望自己另一半的人生，禁不住感到暈眩。下星期就會好了。她也對自己這樣說——她知道這適用於緩解絕大多數的人生症狀。

秋光之都

19：40。巴黎聖拉札車站外尖峰時間的人潮已逐漸散去。賣花的小販收拾著紙箱，就著地鐵出口的光將不同顏色的玫瑰花捆成一束，扔進箱底，一邊對藏在耳際的藍牙下達接聽指令。用家鄉話熱絡問候電話另一頭的老老小小後，他深褐色的臉上露出了一排閃金光的白牙，眉飛色舞地對遠方的家人述說起他的一日見聞。在不知情的路人眼裡看來，他這充滿異國感的說話方式，像極了躁症發作的病人，站在街角自問自答。小販過大的聲量與手勢皆與灰濛濛的路人顯得格格不入，零零星星避開他的，像是受到地鐵裡野蠻的賣藝者和流浪漢干擾那般，緊皺起眉頭。他們帶著一張張閉鎖的臉，攏緊外衣匆匆繞過小販和他的紙箱，而收了攤後的小販也根本不把這些陷在日常生活中的臉當一回事兒，他早練就了一張隨營業時間收放自如的文明笑臉。

鄧宇鵬乘手扶梯出了地鐵，站在世紀初建造的橢圓形玻璃拱門下踟躕不前。鋼鐵般的銀白冷光當頭照下，讓他的臉色看起來有些蒼白。他左右張望，雙手深深插在過大的新風衣口袋裡，緊抓著一支薄片手機，深怕錯過任何簡訊。他剛剛才看過螢幕上的數字，離約定的時間還有快一個小時。如果沒收到簡訊，代表他可以在約定時間過後的十五分鐘上門按鈴。最好先把酒拿在手上，進門後就馬上交給男主人。千萬不要在門口掏背包裡的禮物。他在心裡一一復習這些細節，深怕忘了什麼步驟，一進門便顯得冒失。這些作客禮節須知是阿澤幫他在網路上找到的，阿澤還說有人回帖建議伴手禮可以帶臺灣茶葉。鄧宇鵬一想到茶葉，連忙退到一旁打開背包摸索，再度確認自己有把那包高山茶帶出旅館，順便摸了一下沉甸甸的酒瓶。五十分鐘的車程上他已經確認了五次，但每次想到禮物，他便又掉入了迴圈似的焦慮。他深吸口氣，告訴自己要放輕鬆，就像以前上臺表演之前媽媽告訴他的那樣，深呼吸。吐氣。深呼吸。吐氣。漸漸地手就不會抖了。

放輕鬆。

比如說可以想想公園裡的噴泉。

嘩啦啦的水聲。

從琴鍵之間流瀉。

水柱從最高音的地方落下了。

鄧宇鵬稍稍放開了口袋裡的手機，試著轉移自己的注意力。他往拱門外走，在昏暗的街燈下努力辨識路牌上的拼字。開頭的字和他要找的街名有點不一樣，但是後半段卻完全吻合。他猶豫著是不是該問個路，但四下只有一個彷彿在自言自語的高壯外國人在，既非亞洲面孔亦非正派的白人模樣。鄧宇鵬想了想，雖然覺得自己很蠢，還是決定作罷。他安慰自己反正在法國，英文也不見得派得上用場，自己隨便逛逛說不定就找到了。

傍晚剛下過雨的街道有些濕滑，鄧宇鵬小心繞過路上積水，往不知名的長坡道上走去。對面馬路的店家都已打烊，只有方才地鐵出口四周的咖啡店和餐廳還人聲鼎沸。鄧宇鵬慢慢往坡道上一個孤零零的廣告螢幕走去。一輛公車駛經他身邊，停在名模只穿了男用吊帶的半裸胴體旁，棲在她性感肚臍上販售的是與她同名的香水。一名乘客從後門下了車，公車又繼續往前疾駛。廣告換成了一對母子並肩享用一碗有六十年歷史的香濃熱可可。鄧宇鵬抬眼一看，忽然間像被水母螫到了一樣，一股痲痲燙燙的觸感從四肢流回中樞，讓他渾身虛軟起來。

能不能不要讓他看到這種假到不能再假的畫面？連人到了巴黎都逃不過。鄧宇鵬在心裡暗暗詛咒，忍下了一陣想打電話給阿澤訴苦的衝動。阿澤應該正在旅館跟其他團員泡麵聯誼吧？超低價歐洲團不但住得離市區遠，連吃得也差。還好還有帶泡麵——大家把錢省下來買ＬＶ、拚退稅吧！阿澤回旅館時總笑嘻嘻地說，瀟灑地沖泡幾碗分送給購買力驚人的同團團員。雖然買ＬＶ的事阿澤只是嘴裡講講，但想到他樂天慷慨的性格，鄧宇鵬當下覺得好過了一點。這次是阿澤存錢帶他來歐洲的，說是慶祝他們交往三周年和他二十四歲生日，經過巴黎的時候還可以順便拜訪宇鵬的親媽媽。你媽媽說不定國外住久了，思想會比較開放。阿澤點行程表給他看的時候半開玩笑地說。自從他與阿澤的關係浮上檯面後，宇鵬再也沒回過爸爸跟新媽媽的家。要決裂好像比什麼都容易。宇鵬在心裡苦笑，媽媽當初也是這樣收了行李就頭也不回地走了。他本來以為自己會掀起什麼家庭大風暴，為此還憂慮了好一陣子。但回家拿衣服那天，爸爸只不過是在他身後大吼：你跟你媽都有毛病，同一個模子印出來的！

就算毛病是會遺傳的吧——疏遠了許多年，宇鵬實在不敢確定媽媽能接受他現在的樣子。她離開的時候他才十歲，依照她的期望拿了一些鋼琴比賽的獎，正準備報考音樂班，但宇鵬早就知道自己絕不是什麼神童——每天被逼著練琴是他最痛苦的兒時記憶。媽媽遠走他鄉後的前幾年，每逢他生日都會從巴黎寄禮物回來，但不管是什麼禮物，包裹最下面一定有份裝幀精美的琴譜和ＣＤ。她打電話來祝他生日快樂時，總會說在某處聽見了某某曲子，希望兒子有一天能彈給她聽。她不知道的是，宇鵬在她走後沒多久就已經不學琴了。他房間的白牆上殘留著一些顏色深淺不均的區塊，標示出被賣掉的琴的尺寸，沒有一樣家具大得足以完全遮掩。

十五歲那年，宇鵬在鏡前看著滿臉青春痘的自己，覺得醜到了極點卻無處可躲，除了在有蘋果光效果webcam前面。他向父親拿錢買了附最多收納架的新電腦桌，把之後的零用錢都用來添加各種電腦配備，這才終於把舊琴的形狀給掩蓋過去。自此他再也不在電話中回應關於練習某某琴譜的進度，說謊讓他覺得自己面目可憎；不說謊，換成是所有人都覺得他面目可憎。父親覺得他變成了一個難以溝通的電腦怪客；母親與他分隔兩地後亟欲彌補的熱度也漸漸退卻，母子倆各自在各自選擇的新人生裡過活，不再為對方做什麼努力了。父親再娶後，宇鵬更像是家裡的房客，幾乎不曾與父親和繼母同桌吃飯。電腦桌前是他的私人領土，他吃零食、泡麵維生，只為聊天室裡的朋友而活。出門上學等同於生活中必須忍受的極大不便。他常在凌晨五點多上床，七點又起床去上課，一路撐到了大學，避開所有早上的選修課，才稍稍得以睡飽。不用配合世人的正常作息時間後，宇鵬臉上的皮膚自然而然不再紅腫化膿，漸漸能理直氣壯地把只略經修飾的自拍照放上網。網友稱讚他的一雙大眼睛不輸網路美少女。

開二手唱片行的阿澤和宇鵬一樣，也是晝伏夜出。某日凌晨五點，他們在同志交友網站上相遇了，從凌晨五點聊到中午十二點。阿澤說他傍晚會去店裡，提議宇鵬睡飽後過來一起吃個消夜。專門收藏法國香頌老唱片的阿澤保存了某些舊時風尚，喜歡自己下廚，講究火候，店裡的一角精心布置成了溫暖的居家空間。宇鵬抱著一股衝動來阿澤店裡的那晚，覺得長年來懸在心裡的憂懼忽然消散了。他們躺在小雙人沙發上親吻彼此，體液一絲絲往外牽湧。不久，宇鵬便住進阿澤繼承的兩房公寓裡。父親跟繼母口徑一致，都斷定是年長宇鵬十歲的阿澤誘拐了他們未經世事的兒子。

想到這兒宇鵬覺得一塊大石沉沉壓住了胸口。他很想搖晃他們自以為比誰都正常的腦袋，把他無效的抗辯猛力搖進去，然後走得遠遠地，像媽媽一樣。然而他沒有遠走高飛的能力，也沒有足夠的勇氣。他對媽媽的一走了之不免怨恨，但更多時候，他對她在遠方的新人生充滿了羨慕，羨慕到必須告訴自己停止幻想巴黎，才得以忍受眼前日復一日的臺北生活。當他站在捷運月臺上排隊，腦中一片空白地盯著地上畫好的線時，「或許哪一天……」這種念頭總會不經意地從他關緊的心匣中溜出來透氣。就一扇門開關的時間，便夠讓宇鵬怔忡老半天的了。

大學畢業後，宇鵬前前後後找到幾份工作，但每份工作都做不滿一個月。每天早上他和上班時間掙扎搏鬥，睡眼惺忪地出現在公司，昏沉混過一日。工作和上學一樣都嚴重妨礙了他的正常生活，試用期還沒過，不是他先放棄，就是老闆先放棄了。只有阿澤開在地下室的小店能像中途之家一樣，收留他短暫的白日。

他於是留在阿澤店裡幫忙，也不再像大家一樣勉強自己去上班了。這些事連爸爸都不知道，應該不至於傳到媽媽那兒去。宇鵬心想。但如果她問起他的近況，他又該怎麼回答呢？

宇鵬不確定爸媽離婚後是否還斷斷續續有聯絡，他曾是他們之間最後的聯繫。每次只要是她打電話來，接電話的人總是自己。剛上高中時，宇鵬隱約聽見繼母轉述母親在巴黎也再婚了，有了新家庭，但詳細情形是如何他從沒有多問。他曾在網路上找過母親的各種聯絡帳號，甚至沿線索找到了描述她新生活點滴的網誌，但他都只肯像圍觀的群眾，不作聲地點閱一些無關痛癢的公開照片：風景、美食、藝文活動、新衣新鞋在網誌上輪流出現，藏在背後的另一個家庭則從來沒有露過面。或許在文字敘述中他可以找得到蛛絲馬跡，但總有個聲音不斷阻止他涉入這已與自己無關的生活。他保持淡漠地點過一張又一張的照片，跳過了敘述，然後在腦海中一一洗掉才剛由照片對巴黎產生的印象。宇鵬從來沒有試著藉由網路聯絡母親。後來網誌荒廢了，她打電話來的次數也越來越少，最後連祝他生日快樂的電話也不再有了。

半個月前宇鵬過二十四歲生日，卻忽然收到了母親寄來的電子賀卡。賀卡上只有簡短幾句話。宇鵬不知道她是從哪找到他的 e-mail 信箱，但隔著電子郵件的距離點閱卡片讓他心安得多，那種深怕在禮物盡頭又發現琴譜的焦慮至少沒再出現。於是當阿澤提議途經巴黎，順道見見他媽媽時，宇鵬同意了。不過 mail 一發出去他便開始後悔，甩不掉的憂懼又爬回他全身。他在心裡暗自祈禱信的內容最好全變成亂碼。

隔天他收到媽媽興高采烈的回音，mail 裡詳細交代了某日來她家晚餐的時間和路線附件。她也一併請了和宇鵬同行的「朋友」阿澤，但十分抱歉家裡沒有車，不能去旅館接他們。宇鵬想裝作沒看到信，接下來的幾天閉口不提這事，在網上悶頭讀著巴黎旅遊資訊。阿澤看著宇鵬拒絕溝通的背影，只問他是否需要他幫忙收拾行李。宇鵬搖搖頭，心裡無端難過卻又不知如何表達。阿澤走到客廳裡開了筆電，傳私訊給宇鵬，說其實就他們兩個人開開心心去玩也很好，不必一定要和他媽媽見面，找個藉口取消約會就可以了。他們在網上聊了兩小時後，宇鵬才承認自己告訴媽媽他是跟一個大學同學去歐洲旅行。阿澤在螢幕前嘆了口氣，隨即鍵入：

這哪有什麼關係，我在旅館等你就好了呀！真是想太多……呵呵 =_=

宇鵬單獨去母親家晚餐的事就這麼決定了，阿澤並未表現出任何不快。宇鵬一方面鬆了口氣，一方面又覺得少了阿澤的陪伴，他不知道自己如何能「存活」過這頓晚餐。

19：55。宇鵬在一面漆黑的大櫥窗前站定，往內張望。一整排打烊的樂器行像熄了燈的深宅大院，嬌養著一架架平臺演奏琴，近在咫尺卻高不可攀。靜止的黑亮鋼琴半敞著琴蓋，散發出一股肅殺之氣。在宇鵬的想像中，它們從不間斷對彼此的細語，琴弦微微震出肉耳聽不出的低音。它們密謀著、等待著打破寂靜的那一刻。當他失去了戒心，第一個琴音將似冷冽權威的宣判，直敲進他的耳裡。但宇鵬不知道那會是哪一個音。他靠近玻璃，試著在路燈的微光下辨識一份攤開的琴譜——他這才愕然發現他已讀不出任何旋律。每個單獨的音符他都還看得懂，但串起它們的節奏已在他腦中死去。除了背後疾駛而過的短暫車聲，他什麼樂句也聽不見：譜上標記的完全是另一個世界。一個將他屏除在外，卻曾在他生命中留下一道道鑿痕的世界。

手機在他風衣口袋裡振動起來，宇鵬顫抖著手，慌忙將它從口袋裡掏出。

19：50。艾明娳掛了電話，把圍裙從身上狠狠扯下，憤怒地將一鍋紅酒牛肉移開了陶瓷爐面，雙眼直盯著黑晶面板上燒灼的紅圈。她故意的。根本就是故意的。明娳按下熄火鍵時這個念頭仍在她腦海裡喋喋不休。皮耶拿著電視遙控器走進廚房，想問她新電池放在什麼地方，卻發現太太僵在爐子前，氣得渾身顫抖。他忙問：

「怎麼回事？勃根地牛肉焦了嗎？」

「剛剛阿涅絲她爸打電話來，說她在他工作室跌斷門牙。他們剛從急診室出來，今天晚上不送她回來了。」明娳簡要地用法文說明了情況。

「很嚴重嗎？」皮耶關心地問：「明天是不是要跟學校請個假？」

「你不懂，重點不在這。」明娳深吸口氣，說：

「她是故意的。」

「愛蜜莉……」皮耶皺了皺眉頭：「妳女兒才十歲，妳是不是想太多了？她可能只是玩的時候不小心……」

「我昨天千交代萬交代，今天晚上她哥哥從臺灣來，要來家裡吃晚飯，叫他八點前一定要送她回家。只要是我交代的事，她就會想盡辦法唱反調，然後有她混蛋爸爸幫她撐腰。」明娳不等丈夫說完，冷冷地陳述了她認知到的事實。

皮耶聳聳肩，不置可否。關於阿涅絲和她藝術家爸爸的事，他們已經討論過無數回，每次都是重複同樣的問題，了無新意。皮耶早就決定不置喙才是最好的處理方式，但他這樣的態度總加倍惹惱明娳。她正欲回嘴，皮耶晃了晃手裡的遙控器，說：

「聽著，我不是來找妳吵架的。這是妳跟妳女兒之間的事，與我無關，妳要怎麼想就怎麼想。遙控器沒電了，妳把電池收在哪個地方？」

「客廳矮櫃第二個抽屜。」

皮耶說了聲謝謝便走出了廚房，明娳攤開一把摺疊椅，餘怒未平地坐了下來。她花了大半天時間燉的紅酒牛肉頓時在她眼中成了巨大的笑話。艾明娳妳什麼年紀了還在想像闔家大團圓的畫面？難不成妳以為好好張羅一頓飯，一家人坐下來敘敘舊，就能前嫌盡釋？

在巴黎生活了十四個年頭，這種臺式自欺欺人的天真竟然還能蒙蔽她的眼，真讓明娴啼笑皆非。所謂的一家人，說穿了是幾個家庭重組過後的結果。她和皮耶七、八年前登記結婚時，各自都離過婚。皮耶和前妻育有一男一女，班傑明今年三十歲，克羅葉二十八歲，都在巴黎工作，平時很少打電話來噓寒問暖，只有暑假的時候會來鄉下的度假小屋小住幾天。她自己呢，在臺灣結過婚，生了小鵬。三十多歲時來巴黎報名短期法文班，原本是打算之後帶小鵬來參加音樂營，順便打聽把孩子送到法國學音樂的可能性，沒想到是自己在這兒留了下來。從法國男人眼裡看來，三十五、六歲的她像是二十五、六歲的女孩，讓她陶醉得忘了自己已為人母的事實。一個月的課程結束後，她又找藉口延長了一個月，在各種跨國的聚會中持續發現新鮮的人、事、物。她的人生在異國奇妙的溫度下彷彿有了重新來過的可能，一切都像為偶遇和熱戀做好了準備，就等適當對象出現的那一刻。

於是當阿涅絲的藝術家爸爸走進了這片新布景後，明娴毅然決然地決定回臺灣辦離婚手續，將小鵬的監護權讓給了前夫。一般人描述離婚是多麼痛苦的事，明娴雖不免悵然，內心卻覺得鬆了口氣，好像終於從一而再、再而三、始終不甚滿意的妥協中跳脫了，能回頭做自己了。

那時明娴以自由之身回到巴黎，走在街頭準備赴情人的約時，不管再怎樣汙染的空氣都飄著一絲喜悅奔放的甜味。前半場人生的不如意彷彿都一掃而空。她的新情人不但是帥氣的法國男子，還是個小有成就的藝術家，在聚會中面對來得比她久卻比她年輕、法文講得比她好的女留學生，明娴總算感到能抬頭挺胸了。明娴當時想，這些女留學生對她的不以為然大抵都是嫉妒心作祟吧，暗地裡怎麼說她，她都可以想見，也都不在乎了。戀愛生活給了明娴充沛的靈感，她開始在網誌上抒發巴黎所見所聞，盡情發揮從前在雜誌社練就的撰稿能力。偶爾有所謂的法國通上門來批評她的觀點名不正言不順，明娴對這些不請自來的人總也不輕饒。在網上脣槍舌劍了一番後，回頭更不忘強調生活在藝術家身邊的不同眼界。

然而現實生活卻與網誌上的美好人生漸行漸遠。明娴與她的藝術家愛人不僅在金錢觀和作息時間上有很大的差距，他的一切行蹤都成了明娴揮之不去的夢魘。明娴感覺自己被排除在他的創作世界外，只能在他首肯時當個無聲的觀眾，暗中總提心吊膽，不知何時他會在工作中遇到比她有趣又漂亮得多的人，就這樣轉身走出她的新布景。他的朋友奇形怪狀什麼都有，卻也都不明白他怎會就安於和她這樣的女人在一起，不但跟他們一票人話不投機，對很多雞毛蒜皮的小事又分外計較。外人越是這樣看她，明娳越是想證明她緊緊地將她的情人握在手中。為此他們吵了又吵，鬧得不可開交後又重新來過。這樣癡纏了兩三年後，她原本彷彿時光倒流般重獲的十年光陰忽然像沙漏破了一樣，流得一寸也不剩。接近四十歲的明娳不甘心就這樣放棄，為了給這段得來不易的關係一個「交代」，她做了最後的一搏：讓自己懷了阿涅絲。

而阿涅絲其實也算是她天真過頭的明證。

明娳揉了揉額角，覺得半邊頭開始抽痛了起來。十年前的事想起來還像一場惡夢，有再多重現的青春也禁不起這種爭得你死我活的關係。久而久之，她對周遭許多人事物都不再能同情共感，感覺神經像被黑漆漆的絕緣膠布一束束封住了。她彷彿是不幸的，但她連這點也沒辦法真正感受到，更不容許別人對此置喙。雖然有時候，她的確惘惘地意識到所有的喜悅奔放都消失了，但呈現出來的面目，則是她看別人怎麼看都不順眼。別人要是幸福都是裝的，絕不會長久；不幸則落她口實，彷彿一種常理再度被證明一次，她這樣想來便稍覺安慰。很長一段時間裡，明娳能感受到的只剩下一種對自己及他人莫名的輕鄙。藏也不想藏的刻寡批評一句句隨著講得越來越熟練的法文兜轉在她唇齒間，一開口就是要損人損己，指桑罵槐。她的藝術家情人漸漸只有在嘰嘰咕咕逗弄阿涅絲時顯得和顏悅色。面對她的時候，眼神立即黯淡下來，想退回他自己的世界裡，卻又無法將她請出他的生活空間那般無奈地，說服自己和她共處一室。連爭吵所需的熱情都不剩了以後，他忍讓著明娳指控他自私自利而不再試圖辯解。每半小時他抓起捏皺的菸盒到門外抽，在屋簷下看著瘸著腿的灰綠鴿子，一跳一跳啄著不斷被牠自己往前推挪的乾麵包塊。

某天傍晚他捻熄了菸，走進廚房，對正在消毒奶瓶的明娳說了聲抱歉，他沒有辦法這樣繼續下去。白麻窗簾在他半張臉上投下一團陰影，卻什麼也沒遮掩住，反倒鬱鬱地勾勒出他眼底的實情。明娳心慌地端詳他的臉，想找出一點轉圜的餘地，一點可挽回的舊情，一點尚能說服他的理由。眼淚撲簌簌落下時，她才驚覺她從前未竟的青春夢藉巴黎幽幽還魂了，又再死了一次。沸水裡浮浮沉沉的玻璃奶瓶輕輕互撞，哐噹、哐噹的聲響在她耳邊被放得無限大，把這個輕佻又老成的城市給她的無數幻覺一一撞醒了。他走出廚房後，身在異鄉的現實忽然迸現，聲勢強大到讓她沒有時間哀悼這段關係的句點。她今後該怎麼辦？明娳不斷重複地想。她本以為她在原鄉遇不到的、錯過的、失去的「如果」，在這兒都有滋養它的肥沃土壤。然而到頭來，她還是得硬生生地從玫瑰人生中醒來，又苦又怨地反問自己：從小到大，別人說的人生大道理她怎麼從來就不肯信呢？

明娳帶著未滿周歲的女兒搬出工作室的那天，她曾再度反問自己這個問題。她欲哭無淚地發現自己根本只在原地空轉了幾回。從臺北來到巴黎，還是重蹈覆轍，卻再也回不去以前安穩的生活了。有半年的時間明娳帶著阿涅絲靠家庭補助拮据度日，她常半夜失眠，望著啼哭不休的阿涅絲，思念起在臺灣的小鵬。在她心中，小鵬應還是乖巧認真地坐在鋼琴前彈著舒曼的小曲，想像中時而柔和、時而澎湃的琴音讓她在極度疲憊下得以漸入夢鄉。然而清醒的時候，她總不敢多問小鵬的近況，怕自己一軟弱就跑回臺灣，等於直接承認自己當初做錯了一切。情何以堪外，還要遭不相干的人閒言閑語、落井下石——就因這股頑念，明娳硬是在巴黎留了下來。

也因為有過這段充滿不安全感的辛苦日子，認識了皮耶以後，明娳三番兩次告誡自己要把握平淡的幸福。許多用法語表達不清楚的負面想法，就讓它們朦朦朧朧淡出腦海，不要像之前一樣，把所有的情緒都過度放大，最後造成不可收拾的局面。漸漸地，明娳又找回了婚姻生活中的平靜安定。在類似的規律中易地而處，偶爾會讓明娳想起她的前夫鄧品達：老老實實的一個好人，跟皮耶有說不出來的相似處，實在沒有什麼可令她挑剔的地方……除了偶有意見不合的時候，品達對她的要求可說是百依百順，在意她的程度甚至超過皮耶……她當初為何說走就走？在某些獨處的午後回想了無數次，明娳還是沒有辦法用任何語言說明清楚。巴黎曾像是吹笛人魅惑的笛聲，引領她往高處走去，她跟著走了，然後呢？

想到這兒明娳頭痛得更劇烈了。她曾經試圖將這樣的感受描述給皮耶聽，但心裡什麼喜怒哀樂經外語一篩，都變得更加不痛不癢。皮耶禮貌耐心地聽著，只當她是一時情緒上來了，問自己太多「存在上的問題」，需要找人講講。然而明娳知道，自己用法語表達不出來的感受是切切實實堆在生活裡的，每天就在眼前晃來晃去，堵住她的去路。可是對皮耶來說，她描述的一切全像是在遠處嗡嗡作響的細微末節，轉個方向看，用文化差異的想法便能輕易覆蓋。

當明娳看見皮耶轉頭看向電視螢幕、只留半隻耳朵聽她講話的瞬間，另一些循環出現的念頭便會冉冉浮現，糾結在一塊兒，但全是說不出口的：如果不是拖著阿涅絲，她也不會匆促就決定和皮耶一起生活。她那時或許還可以回臺灣。品達那時也還沒再娶，就算不能重修舊好，至少她也能找一份工作養活自己，離小鵬近一些……後悔也少一些……但是在巴黎生活也是有巴黎的好處，住了這麼多年，她還能到哪裡去呢？如果沒有阿涅絲，她應該還可以……

明娳內心其實十分後悔生下阿涅絲。每次想到她，所有的念頭都無路可出了，團團圍繞著後悔轉，卻又無法拱手將責任全丟給她工作時間不定的爸爸。美其名是為了女兒好，事實上明娳一點也不想順遂阿涅絲的心願。棕髮藍眼的她不單長得像她爸爸，心也全向著他。十歲的阿涅絲牽著她爸爸的手，已經把她自己認作他生命中唯一重要的女人。寧可摔斷門牙也要留在他身邊，就為了忤逆她——那個連法文都講不好的外國女人。

明娳頭痛欲裂，覺得右邊的眼球像要爆出眼眶。她的憤怒化成了悔不當初。皮耶事不關己的態度讓她心灰意冷。20：05。她走到客廳裡對正在看新聞的丈夫說她偏頭痛發作，要他自己熱紅酒牛肉配麵包吃，她得回房間休息。

皮耶轉過頭，驚訝地問：

「那妳兒子怎麼辦呢？他不是八點半要來家裡？」

他的口氣裡帶有一絲不易覺察的驚慌，彷彿是怕明娳要他單獨接待八竿子打不著邊的遠房親戚。

明娳看在眼裡，未置一詞，只淡淡地開口：

「我現在傳簡訊給他，跟他約明天下午在巴黎喝咖啡。」

說罷她扶著頭，慢慢走進房裡，關上了門。

廣告換成了全新推出的線上戰爭遊戲。裝備機械手臂的勇士與外星怪物並肩而戰，人類的存亡繫於這光榮的一役，敵手是誰則未可知。宇鵬挨著公車亭的金屬冷長凳坐下，緊抓著手機的手指還持續顫抖著。他渾身像洩了氣的皮球，一腳被踢出場外，頓時偏離了原先的目的地，重重落地後彈跳不得。宇鵬弓著身子，有種在胸口震動的情緒像是要湧出身體，但始終卡在某個極限點，暈成一團無法發洩的酸楚。他恍惚意識到自己好像二度被拋棄了，但是又覺得這個想法不成立，媽媽只是說身體很不舒服，抱歉必須取消晚餐，改約明天而已。她說一切配合他們明天的行程，只要告訴她大概的時間，她可以到拉法葉百貨團體接待處或羅浮宮大廳去等他，有問題手機聯絡，不會搞丟的。他應該是要回覆沒關係、好好休息這種話的，可是他打不出這樣的簡訊，被遺棄的感覺揮之不去。是不是他太自私、只想到自己？

當初奶奶被送到老人院時也有同樣的感覺嗎？宇鵬忽地想起了幾年前過世的奶奶。要送她到鐵路旁的養護中心之前，爸爸和繼母告訴她：「四周的環境雖然不算清幽，但是離家近，我們可以常常來看妳，周末來接妳回家住也很方便。」對宇鵬則說：「讓患了失智症的奶奶獨居很危險，她常忘了自己在燒水，瓦斯沒關，已經把水壺燒壞了好幾個，如果發生火災怎麼辦？你反正不肯天天去陪她，只會打電腦。」原先是約定好周末有人照應時把奶奶接回家住，可是當繼母發現奶奶會尿床時，情況又不同了。奶奶總是把給她包好的尿布用手指撕碎，弄得一床都是吸滿了尿的黏稠顆粒。繼母說她每天上班已經夠累了，周末還得不斷清理床上的大小便，再這樣繼續下去的話她要崩潰了。不知如何是好的父親於是將奶奶送回養護中心，讓專業看護照顧。這樣的解決方式背後總有說得過去的道理，一家人包括宇鵬都鬆了口氣，周休二日不必再戰戰兢兢地嚴陣以待。日子一久，就算曾有過愧疚感，也無足輕重了，大家也越來越少想起奶奶就在附近，彷彿她自動從家人名單上除了名。

宇鵬最後一次去看她的時候，她已經很久沒下過床了。七十多歲的她乾枯地躺在床上，跟隔壁床九十歲的老婆婆相去不遠。他喚她好幾聲阿嬤，她一點反應也沒有，可眼睛明明是睜著的。是完全記不得了？還是完全不想記得了？宇鵬當時眼眶濕濕地想：其實家根本早就不在了。一點一點、一小塊一小塊隨著時間流掉了，沒有人伸手去挽留，包括他自己——除了奶奶。他想起小學的時候奶奶總愛來校門口等他，剛開始他只覺得拘束，奶奶老是重複問他已經回答過兩百遍的事。宇鵬嘴裡不敢說，心裡其實只想跟安親班老師和同學一起走。後來媽媽離家了，奶奶更是覺得自己有義務照顧他和爸爸，得盡全力填補這個家的殘缺。她一早在自己家裡做好早餐，在他們父子起床時送過來。爸爸常要她一起坐下來吃，她卻總推說趕著去買菜，得回去準備小鵬中午的便當。忙碌了一天後，放學時仍是風雨無阻地去校門接他、送他去安親班，在父親下班回家前又做好了晚餐。然而這樣處處為他們父子著想的奶奶，為何總讓他們倆喘不過氣來？當時整個家似乎只有奶奶在支撐了。

真的是這樣嗎？

奶奶長住養老院後，宇鵬有次不小心聽見繼母和父親在房裡的談話。繼母以她局外人的眼光來看，說婆婆看似無可挑剔的付出，都不是為了填補殘缺，而是不斷強調殘缺來和所有「失職」的家庭成員競賽。事情過去都過去了，還有什麼好比的呢？就算勝過了媳婦也不代表她能修復這個家，反而加速了它的崩解。

總而言之，為什麼要變相地折磨大家一再去見證已經不見了的部分？好的、壞的，就讓它留在記憶裡不好嗎？何必要欲蓋彌彰？弄到最後沒有人覺得跟她吃頓飯是件愜意的事……

繼母最後的結論忽然在宇鵬耳邊響起，讓他感到十分意外。宇鵬一向覺得和他保持某種距離的繼母有些冷漠獨斷，父親卻常以她的意見為意見。強勢的她決定了什麼事，他們父子倆很少能改變她的想法：父親通常是放棄爭辯，他自己則是當作什麼事也沒發生，直接回到他的電腦桌前。然而此刻她的話卻像替他打了一支強心針。

宇鵬將手機螢幕放得遠遠的，重新再看媽媽傳來的簡訊。不過是一個連他自己都不確定的約，取消了不是剛好嗎？這樣誰都不勉強……想著想著，他內心漸漸恢復了平靜。

廣告螢幕上半裸的名模與同名香水再次顯現。細細的男用吊帶只恰好遮住了她挺俏的乳尖。她撩人的淺笑有種睥睨世人的輕佻，像是深知如何操弄欲望國度的法則卻隱而不宣，只讓香水成為征服者的印記，輕霧一般宣示她的全面占領，和隨時可能撤退得一絲不留的權力。不過陷入自己思緒的宇鵬並沒有注意到這些，他恍神地把手機放在身邊，讓空白一片片刷過他的腦袋。他甚至還沒去想該怎麼照原路回旅館去。

「你好！」一個大學生模樣的年輕法國男孩從公車亭前走過，經過宇鵬面前時忽然戲劇性地頓了頓腳步。他指指金屬長凳上的手機，用中文對宇鵬說：「你要小心你的好看的手機。有很多小偷在巴黎。」

宇鵬驚訝地抬起頭，發現一張唇紅齒白、難得的笑臉，他愣愣地回道：

「你中文怎麼說得這麼好！」

「我學中文，我的中文名字叫柯安諾，你呢？」

柯安諾說他正要去朋友的慶生會。他看了看錶，20：36，笑著說其實他已經遲到了。宇鵬聽不出來他的意思是他趕時間，或者是反正都已經遲到了，根本不用著急。他看出宇鵬的疑問，揚揚手裡提著的紙盒，眨眼說：

「切蛋糕前到就沒有問題。」

宇鵬微微一笑，表示聽懂了他說的中文。雖然聲調有點飄移，柯安諾的發音算是很標準。

「你來巴黎參觀？」柯安諾走近了一些，一腳踩上人行道的邊緣，問。

宇鵬看見他合身牛仔褲下的尖頭皮鞋擦得黑亮，上身的立領藍襯衫也毫無皺摺，感覺他是個十分注重細節的人。然而肩上鬆鬆搭著一件輕暖毛衣，讓他一點也不顯得拘謹，反而帶著幾分貴氣與瀟灑，整個人在夜色中散發出一種柔光。宇鵬聞著從他身上傳來的淡淡香味，頓時覺得自己可以信任這個人，於是老實回道：

「來參觀，也來看我媽媽。」

「你的媽媽住在巴黎？」柯安諾問，藍眼睛一眨一眨地，像是在確認自己有沒有聽懂。

「嗯。本來要去她家吃飯的，可是取消了。」宇鵬說。

「……『取消』是什麼意思？」柯安諾遲疑了一下，問，彷彿有點不好意思自己聽不懂。

「canceled。」宇鵬用英文回答：「That's why I'm sitting here. I don't know where to go.」

話甫出口，宇鵬又是一陣訝異：他用中文說不出口的，用英文竟這麼容易就一句帶過，而不感到有任何難為情的地方。

柯安諾點點頭，並沒有追問來龍去脈。公車亭頂上灑下的光和一旁閃動的廣告螢幕在他沙金色的頭髮上映出了深淺不一的層次。他想了想，側著頭說：

「我們一起去我的朋友的生日？」

宇鵬睜著一雙汪汪的大眼，不知不覺點了頭。

20：45。明娳平躺在床上，第三度伸手把放在床頭的手機抓到面前，還是沒看到兒子的回覆，開始覺得不安。黑暗中，手機螢幕閃著刺目的白光，她瞇著眼再次確認簡訊是否送出。

氣象預報開場的音樂從客廳叮叮叮傳來。明娳豎耳靜聽，然而當預報員開始講話，內容又糊成一片。明娳聽不出明天天氣究竟如何，於是在手機上按了個鍵。太陽圖樣立即蹦現。雖然溫度偏低，但明天將會是個晴朗的好天氣。她在信件匣中找出小鵬出發前寄來的行程表，確認明天下午他們將參觀羅浮宮，之後可選擇自由活動或是拉法葉百貨團體購物。算算時間，如果小鵬和他朋友沒有特別要買的東西，他們可以在法蘭西戲劇院廣場附近找間咖啡廳聊聊，之後再帶他們沿歌劇院大道散步，到拉法葉和團體會合即可。如果小鵬想去購物，那麼她也可以作陪，邊逛邊聊，或許購物會比隔著小桌面對面來得不尷尬。畢竟她印象中的小鵬還停留在十歲，轉眼間他都二十四歲了。

這十四年間她只回去過兩次，最後一次帶了皮耶和阿涅絲一道去。她在臺灣的親朋好友不是越來越少，就是疏於聯絡而不相往來了。他們三個人訂了間在捷運站出口的旅館，兩星期的行程裡就見了她父母一面。母親甚至沒有提議他們來家裡坐坐。他們在臺北的一家法國餐廳吃了頓飯，互相介紹一下以後便是兩小時的冷場。父親原是話不多的人，退休後除了一個人走走臺北近郊的自然步道，沒有其他娛樂，也不曾想過要出國旅遊。雖然他也不贊成明娳當初貿然離婚、丟下丈夫兒子的選擇，但隨著時間過去，他已經不帶責難的眼神看她了。倒是母親一頓飯吃下來，從頭賭氣賭到尾，直拐彎抹角抱怨語言不通，有什麼好聊的。對皮耶的年紀跟離婚紀錄也頗有微詞，連對丈夫點的迷迭香小羊排也看不順眼，連嘗都沒嘗就斷定羊肉腥得不得了。明娳只當作什麼也沒聽見，沒把這些失禮的話翻譯成法文，低頭吃著自己盤裡的蜂蜜鴨胸。略帶血紅的色澤讓艾媽媽又有話講了，知道明娳不搭理她，便等侍者上來倒水的時候，問說鴨肉沒煎熟，吃了不會有問題嗎？以往明娳聽見母親的種種意見都會動怒，當下反脣相譏，然而自從她在巴黎滾過一圈，發現某些時候自己說話的聲調也滲出了同樣的刻寡，才頓時明白了挑剔和見不得人好時常是一體兩面，輕蔑則是最好的掩飾。對這樣動輒得咎的處境明娳算是習慣了，在法國她是外人，更是總有讓人指指點點的地方，莫須有也由不得人辯解，忍一忍也就過了。雖然她內心裡的怨恨不減反增，但表面和平至少是做得到的。

在甜點跟咖啡的空檔間，明娳提議父母找段時間來巴黎玩玩，不跟團的話會有更多時間好好參觀巴黎。父親和氣地點了頭，頗有成行的興趣，和剛上小學的阿涅絲用她有限的中文聊了幾句巴黎如何如何，也用破碎的英文問了皮耶一些簡單的問題。母親則是一言不發，末了忽然又冒出一句：「人家現在都是前進中國，進步得很，誰要去妳那早過氣的巴黎？小鵬上次過年來看我們，說他後媽是女強人，每個月都到上海出差好幾次，薪水恐怕都超過他爸。」

明娳當時冷笑了一聲，分外優雅地道：「妳現在還跟我說這個做什麼？」

不疾不徐的語氣中加倍奉還的輕蔑讓艾媽媽頓時語塞，她瞪著女兒冷漠卻帶笑的眼神，喃喃道：

「妳這樣跟我說話……出了國連人性也沒了……」

「話是妳說的，不要把小鵬給牽扯進來，這才叫沒人性。」明娳補了一句，看了父親一眼，問：「小鵬今年應該大學畢業了？交女朋友了嗎？」

還不待他回答，艾媽媽便又搶回發言權，惡毒地反擊：

「妳把妳兒子丟下不管，一個男孩子原本好好的，現在怪里怪氣，聽說——」

「我們一年也難得見他一次，別亂講。」父親不尋常地插了嘴，制止妻子再說下去。

明娳心存懷疑，但還沒機會追問，母親便氣呼呼地起身，道：

「你們父女倆聯合起來氣我，我說話哪裡不對了？咖啡你們自己慢慢喝吧。」

說罷抓起包包就走出餐廳，完全搞不清楚狀況的皮耶用眼神詢問明娳發生了什麼事。明娳望著父親，像是等他說句什麼公道話。他遲疑了一會兒，謝過了皮耶和明娳讓他體驗了法國菜後，還是站起來向他們道別，匆匆追了出去。

此後明娳不曾再打電話回家過，巴黎行一事也就不了了之。在黑暗中望著手機發愣的明娳想起母親當時沒說完的話，心裡猛然一沉。她暫時丟開了多年來的顧慮，直接按下小鵬的手機號碼。像垃圾車傾倒出碎鍋碗瓢盆般吵雜的音樂經擴音喇叭襲來，讓明娳緊緊皺起了眉頭。

宇鵬隨柯安諾走進他朋友的公寓時就嚇傻了，門後原先各自喝酒聊天的男男女女在看到安諾的瞬間都不約而同發出熱烈的驚呼。宇鵬聽不懂他們窸窸窣窣用法語講了些什麼，但他們在互相問候打趣的同時，一整排散亂的人龍不知不覺成了形，按順序遞出雙頰，親得吱吱作響。躲在安諾身後的宇鵬感到十分侷促，人與人之間的身體距離頓時間縮短了，他不知道等會兒他是揮揮手意思一下還是該照做。安諾在跟朋友寒暄，還沒時間照顧到他，宇鵬打算等安諾轉身再抓緊機會向他求救。

「安諾！」一名漂亮的金髮女孩從客廳另一頭出現，排開人群走到他們面前。她親熱地勾住安諾的脖子，兩人同樣把臉頰相湊。安諾微側過頭，吻上女孩的臉頰，一邊一次，親得特別重，把女孩逗得咯咯笑。安諾把蛋糕遞給她之後，女孩一張妝容完美的臉轉向了宇鵬，眨了眨濃長睫毛上閃著水鑽銀光的眼皮，露出疑問的表情。宇鵬不知道安諾用法文怎麼介紹他，只見女孩眼中的疑問漸漸轉成了狡黠。她刻意改用英文對安諾說：

「So...... it's your new boy——」

安諾打斷了她，笑道：

「瑪莉，別亂說。」然後他輕輕搭上宇鵬的肩，將他推向前，簡短地用中文向他介紹瑪莉是今晚的壽星，他們是從小就認識的朋友，然後又改用英文對瑪莉說宇鵬從臺灣來巴黎玩，彷彿他們倆也相識許久。宇鵬看著瑪莉往前走了一步，遞上臉頰，連忙笨拙地往相反方向側臉，驚險地在最後一秒鐘避免了鼻子相碰的尷尬場面。瑪莉柔軟的雙頰淡淡撲了粉，涼涼的觸感跟宇鵬預期的溫度頗有落差。打了招呼後，宇鵬不斷在心裡想著瑪莉會不會覺得他的皮膚太油，心神不寧了好一陣子，所有用英文起頭的話題撐不過三句話就在他這擱淺。瑪莉見他不太健談，自然也就和安諾講回法文，方才熱烈的好奇心突然消失了。宇鵬被晾在一旁，半個字都聽不懂，只能一逕陪著笑臉。原本圍繞在他們身邊的人群也慢慢各自散開，斟了酒後或坐或站，不同的新談話圈自然又成形了。宇鵬環顧四周，不知道自己是否該傻傻地站在安諾旁邊當裝飾品，還是該從背包裡拿出酒和茶葉來送給瑪莉當生日禮物，藉此暫時打斷他們看似無休止的親暱談話。還正猶豫著，一個高大英俊的男人從身後環住了瑪莉的腰，接過她手上一直捧著的蛋糕，往她頸間一吻，說：

「親愛的，妳讓安諾和他朋友有機會先喝點東西吧。妳再不回廚房，烤箱裡的東西要焦了。」

說罷他抬眼打量安諾和宇鵬，眼裡帶著和悅但略有距離感的笑意。他不像瑪莉一樣問起他們的關係，彷彿知道或不知道都不重要，不管怎麼樣，已經沒什麼能讓他驚訝的事。一綹棕黑的捲髮垂到他眼前，在他有稜有角的陽剛臉龐上投下了一道難以掌控的弧線。瑪莉、安諾和他們的其他朋友在這男人面前看起來頓時顯得年輕稚嫩得多，像一群嬉鬧無憂的孩子。宇鵬以為男人走上前來是要遞出臉頰，於是微微側過臉去。沒想到男人在他們面前一步停下來了，讓他有些尷尬，急忙又將臉轉正。男人和安諾、宇鵬分別握了手後，先提著瑪莉的生日蛋糕回廚房去了。

「昂東會留下來一起吃蛋糕吧？」安諾問瑪莉。

瑪莉眼神一黯，搖搖頭說：

「等會兒他就要出門了……不過管他的，我們自己慶祝！」她瞬間又綻出一抹燦爛的笑容，在音樂和鼎沸人聲中瘋癲地高呼了幾聲：「二十二歲！」

瑪莉的朋友們也跟著起鬨，酒瓶、酒杯、小點心在宇鵬面前歡鬧地流轉、傳遞。他隨安諾把外衣丟進房間的衣物包包堆上，從背包裡取出酒和茶葉，送給了瑪莉。瑪莉又開心地親了他臉頰一回，才帶著禮物回廚房去。這次安諾終於用中文和他解釋法國人在什麼情況下會吻頰。宇鵬這才明白送禮時為了答謝也會親一回，但男人跟男人間不見得會互遞雙頰的，比如說昂東就從來不肯和他親臉。安諾接著說：「但是我可以和你練習。」

說罷他親了親宇鵬的臉頰，咧嘴笑道：「你學會了！」

宇鵬滿臉通紅，開始覺得其實這樣近距離的接觸挺不錯的，身體裡一股暖意緩緩向四肢擴散。

瑪莉端著一盤辣香腸起司捲和裹著巴西里葉的烤小番茄走回客廳，笑盈盈地招呼朋友嘗。啵地一聲有人開了香檳，跳躍的金黃氣泡一一舔過了薄脆的長香檳杯內緣。宇鵬和安諾接過其他人遞來的兩杯香檳，一起舉杯祝瑪莉生日快樂。安諾耐心地俯在他耳邊，一遍遍教他說法文的生日快樂，並告訴他乾杯時眼神要對看，不然會倒七年的大楣。安諾露出潔白的牙齒，笑著補充：「七年都沒有好的男朋友！很慘！」宇鵬似懂非懂地點了頭，也報以微笑，在觥籌交錯間漸漸開了話匣子。不知幾杯紅酒、白酒胡亂下肚後，語言隔閡忽然完全不成問題了。宇鵬隨著越來越激烈的音樂搖擺旋轉，汗水牢牢將襯衫黏貼在他身上。他感覺身體像蒸發了一樣，舌頭既輕且薄，有限的英文單字和錯誤文法都不妨礙溝通，有些時候他甚至以為自己聽懂了法文。瑪莉又從廚房裡端出了燻鮭魚塔和生蠔。她的男友昂東曾再次短暫出現，和大家聊了幾句便穿上外套出門了。安諾的視線追隨著昂東的一舉一動，貼在宇鵬耳邊用中文夾雜著英文說：瑪莉之前在昂東的公司實習⋯⋯瑪莉才剛搬進來沒多久⋯⋯瑪莉其實是個小蕩婦。宇鵬又咯咯笑了，不知聽懂了幾成，但覺耳廓被安諾呼出的熱氣搔得癢癢的。

陸陸續續還有人上門來，瑪莉一一熱烈地和他們打招呼，但滿室人聲混著音樂，已經聽不清楚他們在門邊都說了些什麼。宇鵬偶爾和安諾的眼神交錯，發現他有些心不在焉，彷彿在人群中忽然覺得無聊起來。宇鵬隔著震耳的音樂用中文問他還好嗎，安諾比了比耳朵，表示什麼也聽不到，只拉起他的手和他共舞。安諾微微敞開的襯衫領口散發著清新的氣味，像雨後庭園的青草香混合著苦橘，不見一絲汗漬。宇鵬酡紅著雙頰、微醺著眼貼近他的胸膛，覺得自己腳底輕飄飄的，口乾舌燥。他拉著安諾的手走向冰鎮的香檳桶旁，不太穩妥地抓起厚實的瓶身，想給他們兩人各倒一杯。宇鵬先往安諾手中的細長酒杯裡倒，當他看到來勢洶洶的氣泡猛然往上竄升，下一秒香檳已溢出了杯緣，灑上了安諾的襯衫和牛仔褲頭。

宇鵬連聲道歉，覺得自己實在笨拙到了極點，慌忙拿紙巾幫安諾擦拭。安諾輕抓住宇鵬的手臂，將他帶進了臥房裡的浴室，反鎖後用舌尖敲開了他的唇。意亂情迷的宇鵬一路吻過安諾微濺上香檳的胸膛，來到了褲腰。他深深地凝視安諾，跪下來將他勃發的粉紅色性器從牛仔褲的束縛下解放出來，將它深深地埋入自己的舌間，直抵咽喉。

臥室床上，手機在宇鵬的外衣口袋裡又兀自震動起來，螢幕上顯示了阿澤的即時影像，這是他第二十二次來電。00：37。宇鵬完全忘了阿澤還在旅館等著他。他俯向洗手臺，扭頭看著安諾在浴室置物櫃的隱密角落找出了保險套，一吋一吋地覆蓋住他筆直的、粉紅色的陰莖，擠上潤滑液。酒精讓宇鵬既興奮又放鬆，一手搓揉著自己堅硬的下體，一手引導安諾進入他緊致的後洞。爆炸似的快感在他眼前炸開，畫面時而全黑，時而斑爛，所有看得到的顏色混合旋轉了起來。有人在敲門。宇鵬的身體一次次被充盈，敲門聲遠得像從宇宙洪荒的深處傳來，他沒意識到自己在嘶吼。安諾摀住宇鵬的嘴，繼續衝刺，在看見他的精液噴射出來之後自己也在顫抖中獲得滿足。

墨黑的樹影重重，星光在葉尖搖曳、跳動、旋轉。三連音。遠處有微弱零星的燈火。主旋律浮現。漸強。黑雲掠過天際，往西邊逃逸。月光灑落在曠野中的平臺鋼琴上，琴蓋已經架起，琴音規律穩定地流瀉。高音漸漸釋出，琴譜在月光照拂下音符時隱時現，不輟的低音持續沉吟。綁著長辮子的女孩走到無人彈奏的鋼琴前，坐下，傾聽流動的樂章。在樂句終結時，用單手敲擊出接下來的旋律。稍顯稚拙的雙音，拖曳後天真地跳躍。女孩小心地將左手擺上鍵盤，補起另一半缺了的旋律。漸漸變得有力的手指按照指示弧狀拱起，不敢輕忽懈怠。她毫無錯誤地彈奏了一段略帶喜悅的輕快樂章，在某個節骨眼上按照指示抬頭看了樂譜，舞臺大燈頓時替換了月光。在當頭罩下的人造強光下，她的右手手指猛然從低音處往上爬升。爬升到最高處用力敲擊了兩下，又墜回原點。背離左手重新爬升，再敲擊兩下，像被囚禁的吶喊，無路可出又再次墜落，跨越四度繼續往上爬升。如此往復，撲朔迷離，亂顫的心弦看似從中理出了頭緒，讓女孩著魔似地與琴鍵融為了一體。她額角冒出了汗，雙手疲於奔命，緊抿著脣猶如正與此生宿敵對決一般。她重重地按下和弦。休止符一瞬即逝。樂音又起，她雙手並行，在鍵盤上左右滑動，越來越快，彷彿琴鍵失去了控制，以超乎人體極限的速度瘋狂拖曳她的十指。女孩感覺自己的手指就要與她分離，但她停不下來。小指在高音處按錯了半音，讓樂句開始有了裂痕，不和諧地迴盪在空曠的舞臺上。看不見的群眾開始在黑暗中鼓譟，先是議論紛紛，接著此起彼落地喊著不是這樣彈的。人聲推擠著琴音，女孩舉目四望，看不到一張察覺到她驚慌神色的清晰臉孔。樂曲已經錯過了結束點，從相似的樂句又重新來過，裂痕越來越深，漸漸已與原來的旋律背道而馳。群眾以為女孩不按指示即興演出，噓聲四起。這時有人在觀眾席中站了起來，大吼：「你們全都瞎了嗎？救救她。」宇鵬往聲音來源看去，正想跟著他一起喊：「救救王小蘋！」一瞬間卻發現自己的雙手不聽使喚地在鍵盤上反向移動，是他自己坐在舞臺上，不是他的小學同學王小蘋！他再往兩道幕間看去，記憶中的媽媽撫著心口聽他的演出，陶醉得閉上了雙眼，絲毫沒發覺他的手指就快要被琴鍵撕裂。

「媽媽！」宇鵬驚恐地呼喚：「媽媽！救救我！」

宇鵬同時聽見女孩的呼喊，和自己的聲音交纏在一起，聽不出究竟是誰在求救。

砰地一聲琴蓋倒了下來，燈也熄了。

明娳醒來時淚眼滂沱，心臟跳動得異常迅速。她還記不起夢的內容，只覺得很傷心，像是心肝被生生剜下一片，鮮血淋漓。想著想著，她又嗚嗚哭了起來，把身旁的皮耶驚醒了。皮耶眨了眨眼睛，看見液晶鬧鐘在天花板上斜斜投射的幾個紅色數字。5：55。明娳蜷在被裡哭著，他翻過身去將她摟進臂彎，問她為什麼哭成這樣。

「阿涅絲……」明娳泣不成聲地回答：「她一直喊：『媽媽救我！』我不知道她發生什麼事了，心裡好慌張，到處抓著人問……」話斷斷續續地還沒說完，莫名一陣傷心又湧了上來。明娳前額抵著皮耶肩頭，熱淚不停從緊閉的眼角滾落，整個人像是快被抽乾那樣地抖動。

「是夢而已……沒事的……」皮耶低低地安慰，開了床頭小燈，抽了幾張面紙遞給明娳。

「可是沒有人肯回答我……」明娳喃喃重複道，從頭回想夢裡她獨自走過了整片黑幢幢的森林，僅靠著微弱的星光辨識歧出的小徑。走著走著，她聽到琴音，有時像從前面傳來的，但她往前找去，聲音又換了方向，遠遠落在她身後了。她焦急地到處尋找出路。明娳記得自己似乎是要去參加阿涅絲的期末鋼琴發表會，卻冒失地走進這一片樹林子轉不出來，不知如何是好。明娳不停地看錶，冒了一身汗。琴音越來越急，越來越重，錯誤的音符越積越多，直敲進她的耳裡。她開始在林子裡奔跑，想超越琴音的速度，好擺脫困住她的魔障。她心裡不斷地想：至少趕在謝幕之前到，至少趕在謝幕之前。不然要是連她爸也沒出現，阿涅絲準會氣得不再跟我說話了。她會原諒的總不是我……明娳跑得上氣不接下氣，最後終於看見一片黑鴉鴉的觀眾遮住了舞臺，群起鼓譟著。「媽媽！」明娳聽到破開人聲的淒厲叫喊：「媽媽！救救我！」她試著從人群中擠出一條通路，看到人就問怎麼回事。有人議論紛紛，有人聳肩，有人露出愛莫能助的表情，就是沒有人自動讓她過去。阿涅絲還在臺上痛苦地呼叫著。明娳看不見女兒，只不停往前擠，感覺自己就要窒息了。忽然間一聲巨響，燈滅了，夢也完了。

在講述夢境的同時，明娳的眼淚也漸漸收乾了。她將兩鬢的亂髮撥到耳後，呼吸慢慢平順下來，但仍有點恍神，不確定自己剛講完的夢是真的如此，還是她不自覺加油添醋過的。尚未熄滅的路燈從厚窗簾的縫隙滲進房間，在穿衣鏡上折射了一道慘澹的光。皮耶聽著聽著，殘留的睡意幾乎全消了。他溫柔地摸了摸明娴的臉，想讓氣氛輕鬆一點，便打趣地說：

「妳忘了，阿涅絲才去上過一次鋼琴課，就嚷著再也不要去受罪了。這個夢不成立呀！」

皮耶的話讓明娴心頭一凜。她坐起身來，心裡說不出地一陣酸楚，一瞬間意會到了她先前完全沒想到的什麼。她擠出微弱的聲音，說：

「是小鵬……」

酒醒時宇鵬僵直的背脊感到一股涼意。蓮蓬頭裡殘留的水在醞釀已久後重重地落了下來，滴在他蜷起的膝蓋上。他像個胚胎似地側臥在浴缸裡，蓋著一條厚浴巾，上身的襯衫皺得不成樣，下身只穿著內褲。他依稀記得自己做了個惡夢，但頭痛得讓他無法多想。他扶著像被鐵鎚敲過的頭，不敢輕舉妄動，只用眼睛四下搜尋他的牛仔褲。瓷白的洗手臺上一滴水漬也沒有，高級旅館似的大鏡照出了他整齊掛在門後的牛仔褲。寶藍色地磚乾乾淨淨，沒有任何可疑的液體和毛髮。有人收拾過浴室了。宇鵬十分難為情地意識到這點。不必努力回想，昨夜的一切便歷歷在目。他從浴缸爬出來，忍著腦中唏哩呼嚕、彷彿有硬塊在液體裡到處衝撞的悶痛，迅速穿上褲子，理了理襯衫和頭髮，然後忽然想起什麼似地，在口袋裡摸索。他的手機不在。

宇鵬輕手輕腳推開浴室的門，相連的臥室裡空無一人。他鬆了口氣，這才看見床上原來堆積如山的衣物、包包幾乎全消失了，只剩下他的風衣和背包。他心裡一驚，正慌亂地想著安諾是不是撇下他先走的時候，從客廳裡傳來模模糊糊的人聲。宇鵬豎耳聽了一陣，想是安諾還在跟瑪莉閒聊，才放了心，從風衣口袋掏出手機。6：09。宇鵬看到時間嚇了一大跳，心裡踩空了一步。手機上顯示著三十幾通未接來電，幾乎全是阿澤打的，其中兩通來自媽媽，都沒有留言。宇鵬當下給阿澤發了一通簡訊，說自己在媽媽家喝了點酒，在沙發上睡著了，等會兒就回去旅館吃早餐。

然後他深吸口氣，輕輕推開半掩的房門，一邊想著該怎麼跟安諾和瑪莉若無其事地打招呼。雖然天還是黑的，但夜幕已越來越薄。月亮像貓眼一樣淡淡地瞇著，透出藏青的底色。幾縷絲狀的雲飛掠過天際，將醒未醒的馬路上隱約傳來車聲。安諾和瑪莉斜倚在沙發上抽菸，面前還殘留著昨夜的杯盤狼藉。客廳裡只開了盞壁燈，三株百合似的燈臂懶垂出漂亮的弧線，花心暈著光。瑪莉深吸了一口捲菸，支著頭、半閉著眼睛像在冥想一樣，讓煙霧暢行周身孔竅。她看似舒緩的臉上突然出現了一抹放大的笑。瑪莉對橫躺下來的安諾說：

「老實說，你是想單獨讓昂東搞吧。你只想我在旁邊看。」

宇鵬從走廊上聽見瑪莉在說話，不過他聽不懂內容，只覺得氣氛有點古怪。瑪莉的聲音比印象中低沉，像是隱隱動了怒，但她臉上浮著的笑卻顯出滿不在乎的調侃。安諾無所謂地繼續抽著菸，沒有馬上應答，可能也不打算回答什麼。他仰躺進柔軟的皮沙發，讓煙霧從口中緩緩散逸。他感覺七孔八竅都舒張開來了，原先騷動不已的欲望此刻只像遠方海灣輕柔的波浪，搔抓他的身側，似有若無。

宇鵬往前走了一步，在胸前揮揮右手說嗨。瑪莉對宇鵬微微一笑，喚了安諾一聲，改用英語說：

「Your boy- dessert has woken up.」

宇鵬坐在往北疾駛的**RER**郊區火車上，把臉撇向車窗，像個棄兒似地緊抓著他空掉的背包。遲來的眼淚一道道刷過他的臉頰，留下淡紅的痕跡。車廂裡除了他以外，只有幾個往機場去的乘客，睡眼惺忪地對坐在車門邊的四人座，行李堆滿了走道。窗外天色濛濛亮，火車呼嘯經過幾簇老舊的郊區國民住宅，偶爾幾塊不知用途的雜草地閃現，在眼底留下牆面上斑斕的塗鴉。

巴黎街頭的模樣對宇鵬來說已經很模糊了。他只記得滿地的枯葉，深淺不一的顏色覆蓋了人行道。安諾走在他身旁，不發一語。他黑亮的皮鞋唰唰踩過積了一夜的枯葉，與自己始終隔著半步的距離。宇鵬想握他的手，想問他是不是可以再見面，但安諾閉鎖的臉讓他沒有任何機會開口。往地鐵走去的路上，宇鵬用英文不著邊際地說了什麼，安諾禮貌地回應了幾句，不是特別感興趣。昨夜發生的一切像已漸漸淡出他的腦海，讓他與巴黎街景又和諧地融為了一體，彷彿他從來就只是昨夜的路人，從來沒有開口說過中文。五分鐘的路上宇鵬腦中一片混沌，只是跟著安諾走，甚至不知道自己在巴黎的哪個角落。最後安諾停在某個地鐵入口處，親吻了宇鵬的雙頰道再見。肌膚相觸的那一瞬間，宇鵬深吸著他脖頸的餘香，下體又是一陣騷動。忽然間他再也忍不住了。他從來沒有這樣奮不顧身的感受，和阿澤的第一次也沒有這麼強烈。不管瑪莉是怎麼惡意說他的。宇鵬腦中轟然想著：再一次，就一次也好。他想讓眼前近乎完美的情人再次撫摸自己，占有自己的全身。他於是鼓起勇氣問了安諾的聯絡方式。

RER火車駛進地下隧道，被壓縮的氣流讓車窗陡然一震。宇鵬在轟隆聲響的掩護下放聲大哭。

12：18。明娳再次跟王導遊確認了旅行團抵達羅浮宮的時間，手機那頭鬧哄哄的，像是一大群人正在中餐廳吃飯。王導遊問她要不要直接跟宇鵬講話，明娳不知為何隨便找了個理由婉拒了。她請他代為轉達，三點鐘她會到羅浮宮等他們，之後會送宇鵬和他的朋友到下一個集合地點。講完電話後，明娳雙手托著一杯咖啡，站在廚房發呆。小鵬的電話從今天一早就打不通了，不知道是不是手機沒電的緣故。下午三點他們會在金字塔下的詢問處集合，之後不購物的可自由活動。六點半拉法葉百貨退稅處集合上車，去餐廳吃飯後回旅館。明娳的思緒在這幾個點上遊來盪去，並沒有任何具體的想法或行動。可能是因為昨夜沒睡好的關係，早上起來又吃了頭痛藥，她覺得自己昏昏沉沉的，反應有點遲緩。

她啜了口咖啡，看著窗外一堵只有部分漆成白色的磚牆，覺得很驚訝。住了八、九年，她從來沒想過為什麼隔壁棟鄰居就只糊了片L形的水泥，在靠近中庭加蓋屋頂的地方塗上了白漆。其他裸露的磚隨著年歲變黑了，看來是長滿了青苔。明娳記得隔壁棟前幾年曾重新整修過門面，一百多歲的五層樓房從大街上看來粉白如新。後牆難道是因為經費不足，只做了那麼一小部分嗎？還是說本來就不打算全糊上水泥的，漆了個L型的白牆只是為了遮蔽什麼？

明娳不很認真地想了想之後，這件事就從她的腦海裡慢慢被濾掉了。在將這事完全清出腦海之前，她本來是打算等皮耶下班回家後問問他的。但轉念一想，又覺得不是什麼事都值得追根究柢的吧。凡事都有個來由，只是自己不見得知道而已。到了她這個年紀，人生都過了大半了，真要像昨晚那樣追究起來，恐怕大家都為難，自己也不好過。等會兒買個什麼好吃的法國特產送給小鵬和他的朋友吧！明娳一邊想著該怎麼解釋昨晚的失約，一邊稍微沖洗了咖啡杯，擱在水槽邊的架上晾乾。當一切在她腦中都安排妥當了以後，她心平氣和地打了個電話給阿涅絲的爸爸，告訴他她傍晚過去接女兒回家。

阿澤望著坐在身旁的宇鵬，猜不透他心裡在想什麼。王導遊在前頭拿著麥克風，一一交代接下來的行程，並在重點處不厭其煩地重複了數次。宇鵬戴著墨鏡，看著車窗外秋高氣爽的巴黎，似乎完全沒聽進去。今天一早他回到旅館房間後，只對阿澤說了一句他很累，要去洗個澡，不用等他。阿澤於是先下樓吃了早餐。等宇鵬出現時，集合出發的時間已經到了。阿澤幫他拿了個可頌麵包當早餐，他默默在車上吃了，一個上午悶不作聲地也和大家一同參觀了凱旋門和艾菲爾鐵塔。當團員們興致高昂地互相拍照或自拍時，他卻魂不守舍地站在一旁。阿澤還沒有機會問起他昨晚和媽媽的會面，看來似乎不是很愉快。若直接問他，想必是問不出個所以然來的。阿澤於是找了個別的話題，他對宇鵬說：

「等一下參觀完了羅浮宮，你和你媽媽去喝咖啡吧？我在網上查到了幾家二手唱片行，我自己去逛逛？」

與其說阿澤決定自己去逛，不如說他是在徵詢宇鵬的意見。阿澤不確定宇鵬是不是和他媽媽說了實話，到時如果遇見了，不知道場面會不會很尷尬。再怎麼注意保養，他一看就不像是宇鵬的同學，但他心裡還是暗自希望宇鵬將自己介紹給他媽媽認識的。

「噢。隨便你。」

宇鵬轉過頭來，應了一聲。白燦燦的陽光照亮了他身後一大片車玻璃，但穿不透他的消沉。

阿澤為了掩飾自己的失望，迅速將注意力轉回還在介紹聖母院的王導遊身上，彷彿對這個名勝古蹟特別有興趣。他低低和隔壁團員抱怨了一句：

「啊，這個也不下車參觀。」

隔壁座的一對新婚夫妻也連聲說可惜，不停地按著相機快門，想隔著窗玻璃捕捉整個聖母院的形象，但在車上怎麼照就是照不好也照不全。王導遊很抱歉地宣布遊覽車無法在聖母院前廣場暫停。遊覽車緩緩繞了一圈西堤島後過橋，又沿著波光粼粼的塞納河畔開。一路上此起彼落的讚歎聲和快門聲不絕。「舊書攤耶！」「好浪漫喔……」「還有橋……哇！真漂亮！」「看！我們昨天坐過的遊船啦！快！跟他們揮手。」宇鵬瞅著岸邊一整排枝葉稀疏的梧桐樹，心裡對這些嘈雜的喜悅生出了厭惡。

一夜之間，風景明信片式的明媚巴黎成了一種最不堪的諷刺。他的心糾著、絞著，暗自一遍遍重新走上聖拉札車站旁的長斜坡。每走一遍他少年般的天真就消失一點：闃黑展室的巨大鋼琴、媽媽的簡訊、安諾踏在人行道邊緣的黑亮皮鞋、瑪莉閃著水鑽銀光的眼皮、昂東伸向他們的手、香檳酒的氣泡、勃發的粉紅色陰莖、月光、月光、月光——黯淡的月光狂躁卻陰森地全面包圍了他。他孤立無援地杵在地鐵的入口，站在成堆的枯葉上，棄兒般可憐兮兮的討好神情想藏也藏不住，像是將一輩子都拱在手心獻上了，只要對方肯帶走，當場便會融化淹沒在幸福的淚水之中。於是一張閉鎖的臉開始端詳他臉上顫抖起伏的線條。靜靜撤退到一個更遠的地方後，一彎淡淡的笑容勾起了嘴角，柔軟的唇間輕吐出他應該聽不懂卻聽懂了的話：

「Cher ami, je ne le souhaite pas...... Essaye de comprendre.」

黑暗、黑暗如大軍壓境一般入駐了他瞬間漲破的心臟。宇鵬無法複述這句他應該聽不懂卻聽懂了的話，但它伴隨著屈辱在他耳邊嗡嗡作響，和整車觀光客看到羅浮宮金字塔的驚呼和騷動混成一片。他們瞬間登上了幸福的頂點，用相機和手機拚命記錄這難忘的一刻。宇鵬在阿澤的注視下靜靜丟失了他最後一絲少年的天真，他轉頭對阿澤說：

「我們根本不必見她了吧。」

14：58。明娳走下羅浮宮的卡胡瑟地下精品街，雙手提著兩個精緻高雅的紙袋，一個是給兒子的，一個是給兒子的朋友的。她看了看錶，剛才在熱門的糕餅店排隊排了不少時間，她有點擔心會遲到，看到還有兩分鐘不禁讓她鬆了口氣：差不多夠她走到售票大廳的詢問處了。明娳加快腳步，穿過象牙白的商街長廊，轉了個彎，前方一行隊伍卻漸漸成形，堵住了她的去路。明娳低咒了一聲，她忘了包包還得通過安全檢查，雖不情願但無可奈何地加入了排隊的人龍，心裡萬分焦急。

在等待的同時，明娳踮起腳尖往前方的售票大廳張望。盡頭一片人山人海，各種人聲迴盪充盈在透光的金字塔底，嗡嗡作響，像是被搗碎了胡亂灌進一個密閉的空間裡。為了突破重圍，某些聲波節節高升，偶爾成功冒出一兩個成形的句子，但最後仍不敵塔頂巨大堅硬的玻璃，碰撞後潰散得不成樣，再次跌入下面沸騰的聲漿。明娳很多年沒到這底下來了，她詫愕地發現人比記憶中來得多得多。要是不小心走散了，連打手機都聽不到對方講什麼了吧？她從包包裡翻找出手機，本想先給小鵬發個簡訊，說她就快到了，要他不要離開大廳正中央那個圓形的詢問臺，卻剛好輪到她將包包放上輸送帶。

「女士，手機。還有外套。」安檢人員叫住她，要她把手機和外套也放下送檢。

明娳於是又折回輸送帶旁，心裡嘀咕著法國保全人員什麼時候變得這麼認真仔細，莫非最近上頭又下了什麼橘色反恐指示……想著想著，她把頸間的圍巾也解開了，和手機、外套一起放上滑動的黑帶，然後隻身走過安檢門。

15：09。明娳匆匆從黑帶另一端抓起她的包包、紙袋、外套、圍巾和手機，擦撞過一叢叢停滯在走道中央或移動緩慢的人群，往金字塔下的大廳奔去。她一路喃喃說著抱歉，忽然間覺得這場景似曾相識……昨夜她在夢裡就是這樣拚命往前臺擠的。脫序的琴音彷彿又回來了，在爬升中不斷犯錯卻停不下來，讓明娳不忍卒聽。放輕鬆，深呼吸。明娳在心裡低低複述她對兒子說過的話。琴音於是慢慢地修正，回到了悅耳平滑的狀態，然後越來越激昂地壓過了嘈雜的人聲。過去的時光如在目前，像是不曾移動分毫。小鵬細瘦的指頭在鋼琴鍵盤上奮力地滑動，一遍又一遍，撐開手掌敲擊連續數小節的八度音。明娳在幕間屏息聆聽，用腳尖輕點著拍子，內心脹滿了驕傲。小鵬上臺前原本緊張得手指都絞白了，碰到琴鍵後卻自動進入了專注忘我的境界……十歲的小鵬，十一歲的小鵬，十二歲的小鵬，十三歲，十四歲，十五歲……小鵬在琴音中迅速成長為一個美麗的少年，額間凝聚著努力的汗水。明娳很想告訴他媽媽很想他，也很對不起他。她的目光在洶湧的人群中逡巡，心裡十分肯定自己能一眼就認出發光發亮的二十四歲的小鵬。詢問臺四周沒有那個她心目中的俊秀青年，通往塔頂出口的電扶梯上堆滿了不知所以然的觀光客，沒有。明娳排開人群，繞了詢問臺一圈。沒有。她面色灰敗地往前方的螺旋階梯上看去。階梯扭轉處有個年輕男孩目光灼灼地與她對視，一張閉鎖的臉端詳著她臉上顫抖起伏的線條。靜靜撤退到一個更遠的地方後，男孩挽起身旁男人的手臂，融進了巴黎朝聖的熱烈人群中，彷彿不曾存在過。

夜歸

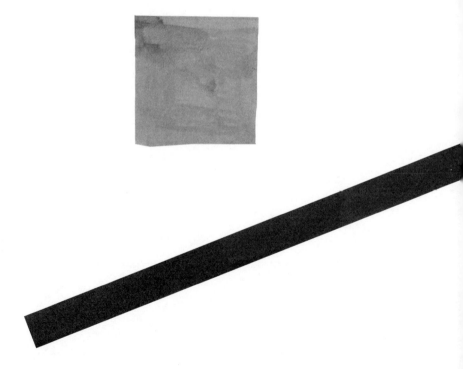

剛上車的女乘客要郭再榮載她到幾個路口外的捷運站。

女孩才坐定便撥打了手機，對電話另一頭說：「我現在在計程車上，要回去了。應該還趕得上最後一班捷運。」

午夜前五分鐘，郭再榮按了車表，從照後鏡看了後座一眼。女乘客直盯著他的駕駛員證，眼神很是警醒。雖然已經沒什麼話和家人說了，手機仍一直保持通話狀態。

郭再榮在心裡嘆了口氣，很想告訴這個一副大學生樣的女孩：「我不是什麼壞人。我女兒應該是妳學姊，現在人在國外讀書。」但為了避免不必要的誤會，他還是一聲沒吭，默默地開他的車。停過了一個紅燈，在只剩零星幾輛車的新生南路上筆直前行。

女兒還在臺灣念書的時候，他曾是日夜接送的。女兒念大學時，有時候跟朋友聚會到兩三點。他已和衣睡下，床頭邊的手機振動起來，驚醒了他。被吵醒的妻子埋怨女兒不懂事，玩這麼晚，還吵醒全家。郭再榮聽清楚了地點，用睡意濃重的聲音回覆：「妳跟妳朋友等我半小時，我開車去接你們！晚上坐計程車危險。」

不是女兒不懂事，是他千交代、萬交代不管幾點，都要打電話叫他去接，不然他不放心——雖然他自己也是開計程車的。

想到這點，郭再榮對女乘客防衛的動作也比較釋懷了。電話另一頭，想必也是擔憂的父母。電視新聞常常在報這匹狼、那匹狼的，景氣就已經很不好，沒人叫車了；什麼狼再上社會新聞，更是沒生意了。

當初會把工作辭了來開車，是因為看不慣職場逢迎拍馬的生態。認真做事的人不見得會升遷；逢年過節去送禮的、把主管哄得服服貼貼的馬屁精，一路平步青雲。郭再榮做人有那麼一絲不合時宜的驕傲與頑固。某天他沒和妻子商量，就把辭呈遞了。妻子對這件事一直很不諒解。她認為她很稱職地當個家庭主婦，把小孩照顧得好好的，老公有一份固定的薪水，生活本應如此——然而這個穩定的家庭基礎，竟一夜之間大崩盤，就因為他郭再榮對現實社會看不過去。

他是愚昧？還是過於天真呢？

這許多年來他耳邊不斷空響起這個問題，雖然他對自己行為的辯解總是：

「我要自由。」

自由是指，沒有每天上下班要打卡的束縛？不用再跟只會阿諛奉承的假面人共處一室？還是指在一方小小的車廂裡，他是自己的主人——就算降低了職業等級，也有他的尊嚴？他其實不知道。

「司機先生，可不可以請你開快一點？我要趕捷運！」女孩見他在無人的車道上慢吞吞地開車，終於打破沉默，道。

「好好……」郭再榮稍微催了油門，回頭對女孩說：「雖然都沒有車，但是喔，十次車禍九次快，我開車開那麼多年，車禍看到都會怕了！」

女孩敷衍地點點頭，看了一下錶，十二點零三分。不知道捷運末班車開走了沒有，誰有心情聽計程車司機講古？女孩對電話那頭的家人說：

「你看啦，你要是辦**iPhone**給我，我就可以馬上查到了，不然你趕快幫我上網查啦！」

女孩的語氣中充滿不快。其他住學校的同學都繼續去夜唱了，不是自己騎車，就是天亮再一起搭捷運回宿舍——就只有她這個住臺北的，得像灰姑娘一樣趕午夜馬車！她在無人的站牌等接駁公車，越等越心慌。等了一陣子等不到，只好改搭計程車去趕捷運。一路擔心受怕，弄得整個人緊張兮兮的，和朋友聚會完的歡樂氣息一下子都散光了！

「什麼啦！你叫哥哥查啦，去捷運公司的網頁查啦，什麼？可以google啊！齁……」女孩很不耐煩地說：「叫他先不要打電動好不好?!等你查到捷運都關了！」

女孩看到又是紅燈，計程車表不算夜間加成，也已經跳破了一百，電話那頭似乎又拿google沒辦法，手機通話費這個月已經超過月租費很多了……多方交逼之下，女孩的焦慮轉成了焦躁，開始對電話中的家人發脾氣。

「小姐，不然我直接載妳回去比較快啦！」郭再榮目睹了這個快要導致家庭失和的狀況，插進來說。

郭再榮見女孩猶豫了一下，就要開口拒絕，他連忙補充道：

「就收妳到捷運站的錢啦，現在跳到一百一，就收一百一。」

「可是我家很遠耶……到捷運終點站以後還要開一段路喔！」女孩有些動搖了，但她覺得還是跟司機講清楚比較好。

「沒關係，啊我就答應妳了，這樣卡穩當啦。」郭再榮在照後鏡中對上女孩仍是充滿戒心的眼神，又說：

「妳要是怕的話，跟妳爸爸媽媽說我的車牌號碼和名字。看到椅背後面寫的了喔？我叫郭再榮。」

郭再榮轉過頭，讓她有時間對照執業許可證上的照片。是他本人無誤。只不過以前比較胖一點，頭髮也比較沒那麼灰。

女孩遲疑了幾秒，還是把郭再榮說的話重複給家人聽了。看樣子女孩的家人是同意了這個做法，抄完了姓名和證照號碼後，只吩咐她要把手機拿在手上，可隨時按一鍵重播。女孩這才掛上了電話。

郭再榮右轉忠孝東路，見女孩的神色稍微平靜了一點，他終於才忍不住說：

「妳應該念臺大吧？我女兒是妳的學姊，她現在在國外讀書⋯⋯」

郭清澐提著兩個可分解的塑膠袋，走出超市。這間超市離她家教的地方不遠，剛好在回家的半路上。坐地鐵回去，不過是三、四站的距離，走路則得要二十幾分鐘。郭清澐為了省一張地鐵票，拎著大包小包慢慢在寬廣的人行道上走著。巴黎的天氣已經冷了好一陣，大街上的梧桐葉早落光了，裸著枝椏，樹皮敷著一層斑斑的灰白。郭清澐走沒多久，便覺得耳朵和指尖凍麻了。她揀了一張沒有鴿屎的墨綠色街椅，將兩袋食物安在長木板間，確定不會倒後，才拉起連衣帽，蓋住了耳朵，然後從外套口袋掏出兩只手套戴上。

郭清澐搓了搓手，向手心呵了呵熱氣。五點剛過，巴黎的天色已經全黑。她停下來的地方沒有店面，古典住宅大樓門戶森森。百合花鍛鐵、霧面厚玻璃大門後的前廳，因無人進出而浸在一片黑暗中。

郭清澐提起沉甸甸的袋子，繼續往外環道路的方向走去。她租的小套房在外環道路另一頭的郊區，區不能算差，但跟她來家教的這一區一比，頓時相形失色。有時候她抬頭看一眼華美的十九世紀公寓建築、獨棟的宅邸，一種遙不可及的欽羨便會油然而生。這可能是許多巴黎旅人共通的心情，然而在郭清澐身上，另外還滋生了一種錯覺，讓她覺得自己在那電光石火的瞬間，彷彿與小說裡描繪的盛宴男女和他們的後裔，拉近了一些距離。臺北的豪宅對郭清澐倒起不了這樣的作用。從前她晚歸的時候，坐在爸爸的計程車後座穿越臺北新都心，目光高度正及監視螢幕重重的警衛室，她卻也從沒抬頭多看那些嶄新的豪宅幾眼：沒有可能的東西，看它要做什麼呢？然而這個讓郭清澐能「忠於自我」、「安於現實」的標準，在面對另一個更不可能抵達的世界時，卻因文字能給予的想像而悄悄鬆動了。

郭清澐在某棟特別吸引她的私人宅第前不自覺又停下了腳步，隔著頂端如花藤捲起的柵欄往內張望了一陣，玄關的燈還是沒有亮起。不遠處的街燈仍是白濛濛黯淡的一團，偶有從斜交的街上竄出的車燈刺了她的眼，像逮住現行犯似地，將她奇怪的行徑短暫聚焦、停格。郭清澐這才發覺自己的舉動一點道理也沒有——她是在等什麼？為了看一眼漂亮優雅的宅第主人？還是潔白如玉的大理石臺階和紅毯？這些，她在家教學生家的前棟樓就看得到了，應該差不多是那個樣，只要在想像中再往上晉一級就是了……不過，郭清澐又想：這玄關兩側會和某些布爾喬亞公寓一樣，有類似莫泊桑小說裡讓主人翁一照再照、越照越覺得自己衣冠楚楚的光潔壁鏡嗎？

胡思亂想了一陣後，郭清澐最後認定，還是去網路上、書裡找找照片和敘述就夠了。她唯一能實際登堂入室的可能，恐怕是去應徵清潔婦吧——拚了命也要拿到的學位怎麼可能會領向黃金屋呢？不管念幾個文學博士都是不可能的。「黃金屋」這種早就過時的講法，只有太過單純的臺灣父母才會相信，遲早也是要幻滅的。郭清澐在心裡對這事實輕哼了一聲，一下子又覺得有「忠於自我」的可能了，於是快步走過這一段讓她充滿幻想的陰沉區塊，心無旁騖地向大街尾端、較有人煙的地鐵出口走去。

這是出巴黎市區前的最後一站了，不同線路的公車也在此地交會。幾間花店、咖啡店、速食店和書報攤貼著地鐵出口排列；一桶桶特價花束、帶暖爐的露天座位和得來速櫃檯占了三分之一的人行道，讓空間頓時顯得逼仄，而人群又一下子從地鐵裡湧上來了。郭清澐和人們擦身而過時，開始覺得自己不到住處附近的超市採買，是個錯誤的決定。兩個提袋勒住她手套下仍是冰涼的手指，幾乎讓她的末梢神經沒了知覺。她等這波人潮散去，才慢慢踱到地鐵入口的最上一層臺階：暖烘烘的空氣一縷縷從地下冒出，彷彿勾著千萬隻細小的指頭召喚她往下走。郭清澐猶豫了一會兒——就剩下一站的距離，要再浪費一張她原本就不想浪費的地鐵票嗎？

這「更顯浪費」的理由最終還是說服了她。她嘆口氣，決定繼續走回家，但不禁覺得自己成天在雞毛蒜皮的事裡打轉，整個人也變得十分瑣碎。這些細瑣的問題在臺北原本都不存在，就算同站進出要付二十元也算不了什麼，郭清澐想，只有爸爸那種

「省小失大」的人才會斤斤計較……

說時遲那時快，郭清澐左手提著的袋子斷了耳，從上往下撕裂了一個大洞。罐頭和蔬果撒了一地，兩顆小橘子一前一後滾下了地鐵階梯。

郭再榮一邊慢吞吞地在紅燈前停下，一邊開了嗤嗤作響的廣播，來來回回搜尋著某個午夜電臺。整個已經進入睡眠狀態的城市之音，接二連三地與夜歸人道了晚安、斷了訊；頻道與頻道間偶爾出現專為他們設想的低柔人聲和輕音樂，卻因車開進了城東收訊不良的區塊，讓郭再榮再怎麼前後尋找，也收聽不到一個完整悅耳的節目。他的鍥而不舍只換來了惱人的噪音，比先前對話中出現的空白更讓人感到壓迫。

郭再榮的年輕乘客方才聽說了他女兒是她學姊，就只淡淡「喔」了一聲，沒有任何想聽下去的反應，也極力避免和他的目光再次在照後鏡裡對上。這讓郭再榮尷尬地收回了話頭，硬生生關起原本想開啟的話匣子。女乘客的反應等於是告訴他：她對他的「攀親帶故」一點興趣也沒有，要他專心開車就好。郭再榮為了化解自己的尷尬，朦朦朧朧想起了一個以前常聽的電臺，夜間時段播放的音樂都很悅耳，或許能緩和一些氣氛；然而遍尋不著的同時，他的心思卻不知不覺飄到了遠在國外的女兒身上。巴黎和臺北現在時差七小時，郭再榮看看儀表板上的時間，不經心地想：女兒不知道上完課了沒有……其實女兒在法國的作息時間他完全不清楚；法國大學長什麼樣子，他一點概念也沒有，因此女兒披星戴月走出學校的模樣，全取自於當年的印象，只不過她身後的背景畫面變得模糊了，像噴上了霧。奇怪，那一臺怎麼不見了……

綠燈了，無車的雙線道上就棲著這麼一輛有些風塵僕僕的小黃，遲遲不肯開動。

「司機先生，已經是綠燈了。」後座的女孩忍不住提醒道。

郭再榮這才抬起眼，放下手煞車，以極低速繼續往前開。他一手扶著方向盤，一手仍堅持要找到正確的頻道才肯罷休。明明應該就在這幾臺附近啊……郭再榮蹙著眉想。

女孩那頭則在心裡直犯嘀咕，不知道這個奇怪的阿伯到底是要聽什麼，這麼堅持。她又累又餓，剛買沒多久的高跟鞋直磨著她的腳後跟，讓她想趕快甩開。她心想要是趕上了最後一班捷運，說不定早就到了，還用得著在這車上忍受這些。她打了個呵欠，眼角滲出幾滴眼淚，下眼線和兩頰上的妝都快花了，回家的路卻還莫名其妙地遠——這樣無奈的心情，讓她不得不傳簡訊向正在夜唱的同學們傾訴自己有多麼衰小和可憐。她從名單上的第一個同學開始傳，沒有回答，想必是歡唱聲蓋過了手機鈴聲；她換傳其他人，一樣得不到及時回答。她恨死自己不能上網的手機！在這麼煎熬的時刻，耳朵一直被嘁嘁嚓嚓的聲響進逼，到家的那一刻又遙遙無期，好朋友卻只顧自己享樂，她還不能上臉書發洩……她越想越覺得委屈，越覺得自己是受害者，身為乘客的權益嚴重受到侵害了：

「這樣很吵耶！可不可以請你不要弄了？」她爆發似地對郭再榮吼了兩句。

郭再榮的手縮了一下，從照後鏡裡迅速看了女孩一眼，便順手把廣播給關了。無話可說式的沉默湧回了封閉的車廂。女孩本來話一出口還有點後悔的，擔心司機一生氣，就叫她半路下車或把她給怎麼樣的，但見他一聲不吭地繼續開車，也就放了心，覺得自己的抗議乃屬正當行為，繼續低頭傳她的簡訊。一瞬間郭再榮以為自己載的是自己剛從補習班下課的女兒，前一秒和一群穿著制服的同學還有說有笑的，上了車就板了張臉，每一個才剛起頭的問句都構成了對考生的干擾。

郭清澐狼狽地沿著階梯撿回散落各地的東西，盡可能地塞進已經扣不緊的書包，邊撿邊不由得想起了父親「省小失大」的最誇張案例：傷了腳的父親為了不多付一段公車票，在分段點提早下車，情願拄枴杖、拖著打了石膏的腳走回家。這件往事發生在郭清澐念大一的時候，事後若被提起，除了被引為笑談，通常還帶了點對他死腦筋的評判，居高臨下的那一種。平常自己開車的父親，因腳傷坐公車到醫院複檢，卻不知道醫院前的站牌剛好落在了分段緩衝區外——就因為這麼一站的距離，得多付一段公車票錢。任何一個思想正常的人，都不會為了那十五塊錢提前下車，讓已經行動不便的自己，將最後十分鐘的車程用兩小時走完。父親要是想蒙混或賴掉那十五塊錢，想必公車司機也不會多說什麼，但經由某種正常人無法理解的計算，郭清澐的父親計算出了一個原則的問題——不是錢的問題，是原則問題。他疏忽在前，但覺得「不合理」，於是主動在緩衝區盡頭的分段點下車了。

郭清澐一向無法理解父親異於常人的行徑，然而此刻抓著兩顆撞壞的蘋果，她不禁苦笑起來，遺傳的威力大抵是要在這些莫名其妙的時刻才會被發現的。

也是在這些莫名其妙的時刻，郭清澐才會發覺，鎮日與書堆為伍的自己，有多麼寂寞。一個人提著到超市採買的簡單食物，回去後一個人將就地把單調的食材弄熟了，一個人坐在電視新聞前吃著一盤混在一起的麵、菜和肉。罐頭淋醬的味道永遠都是那麼幾種：紅醬是番茄味，青醬是羅勒混著橄欖油和起司，吃不出什麼昂貴松子的味道；再從簡一點，就是淋醬油了。這填飽肚子的日常舉動，在這一刻忽然讓郭清澐不想回家面對。她才剛領了家教月薪，難道不能出去吃一頓好的嗎？她在心裡盤算的同時，另一個問題又出現了：臨時能找哪個朋友一起出去吃頓飯呢？

郭清澐看了看錶，五點半，或許還來得及約個朋友出去吃飯。她從鼓脹到變形的書包外袋掏出一張地鐵票，決定不再頂著寒風走那一站路了。一接近地心，巴黎地鐵帶著陳年腐臭味的暖空氣便迎面襲來，讓她一邊皺了皺眉，一邊安心地將手套給脫了。她想：或許先打個電話給必必？必必向來飯局多，或許會主動邀她一起來？

地鐵很快地進站了，郭清澐的晚間時段有了個目標，讓她整個人覺得輕鬆了起來，找回了年輕女孩的步態。

女孩的朋友終於在歡騰的KTV包廂中發現了她的抱怨簡訊，回撥了電話給她。

「嘻嘻嘻，怎樣？妳到家了沒？」王小葛走出夜唱包廂，嘻皮笑臉地問。

「還——沒——」女孩把每個字的尾音脫得老長，已經十二點四十分了，他們才剛到捷運終點站附近，這代表還有一段平時坐接駁公車的路程要開。車廂裡一個細碎的聲響又引起了女孩的注意：郭再榮從外套口袋掏出一個塑膠袋，裡頭裝著不知是麵包還是饅頭的東西；他迅速咬了兩口，把剩餘的部分仔細包進塑膠袋裡，才重新塞回口袋，轉而摸索擱在前座上的塑膠水瓶；放開方向盤後，他開了瓶蓋匆忙喝了兩口水，幫助吞嚥，然後又大力地旋緊瓶蓋，把瓶蓋逼迫到溝痕能承受的緊度之上才肯放手。整套動作不知怎麼地感覺很猥瑣：那個把東西包回塑膠袋包得仔細到有點神經質的動作，還有那個旋瓶蓋旋一次不放心還要拿回來再旋一次的舉動，加上那副不知是民國幾年配的大鏡片眼鏡——跟文青愛戴的大黑框眼鏡有本質上的不同——讓這個不超收車資的司機，整個人呈現出一種怪異不正常的感覺。等會兒他要是在駕駛座上摳起腳皮，女孩覺得自己恐怕也不會更訝異了。

「Le chauffeur est très bizarre.....[1]」女孩改用課堂上學到的法語對王小葛說。王小葛也修了同一堂課，聽懂了女孩的密語，回道：

「Pourquoi？Qu'est-ce qui se passe？[2]」

「Il conduit à la vitesse d'une tortue, et..... sa manière d'être..... de toute façon ce n'est pas normal[3].....」女孩強調了最後一句「他不正常」的結論。

「Fais attention à toi! Malgré tout, on est avec toi, de tout cœur[4].」王小葛喬了喬眼鏡的黑框，按著心口輕笑了兩聲，覺得自己的用詞遣字非常戲劇化：對於這種人生中荒

---

1 「這司機很怪。」

2 「為什麼？發生了什麼事？」

3 「他開車開得很龜速，還有……他的舉動，啊總之不正常啦！」

4 「妳要自己小心喔！不管如何，我們都與妳同在，全心全意的！」

謬的情境，這是再適合不過的臺詞了。對於自己在有限的法文字彙中能夠找到這樣的說法，他不禁也沾沾自喜，回頭他就要去臉書上記上一筆的。

「少耍賤了，你們現在在唱什麼歌？」女孩也笑了，改用中文和王小葛聊將起來。王小葛說陳琪芬接連點了幾首沒人會唱的老歌，她自己唱得很嗨，其他人只好忙著吃花枝丸。他開了包廂的門，探頭看看陳琪芬唱到哪兒了。女孩從電話中聽到她自我陶醉的獨唱，也噗哧笑了。王小葛見他的歌還要很久才會上，就背倚著包廂的門，和計程車上的女孩閑聊了起來。

地鐵已經在原站停了五分鐘，郭清澐坐在車廂門邊的折疊椅上，用腳尖點出流逝分分秒秒，漸漸不耐煩了起來。就這麼一站的距離，卻又不明所以地被耽擱了。她已經跟必必約好了七點在巴士底廣場那邊，先和她的朋友們喝一杯，之後再看去哪兒吃飯。郭清澐雖然已經開始覺得餓了，卻也礙於是自己臨時要加入的，不好妨礙這「喝一杯」的法式程序。她原本計畫回去放個東西，還來得及洗個澡、換個衣服再出去的，眼見這班地鐵不知何時重新開動，自己又已經多花了一張票搭車，只得坐著看錶乾等。

一陣餓感襲來，郭清澐只得隨手拆了一包剛買的餅乾來吃。原本輕鬆歡樂的心情在等待中又被打回原樣，留學生活中如影隨形的論文，一時間又回來占據她腦海了。郭清澐暗自嘆了口氣，認命地在這極度漫長的等待中，把正進行的論文章節在腦裡又梳理一遍……文學語言如何在敘事中嵌進斷裂異質的時空感知／破題論述／舉例說明一／發展論述／舉例說明二……

此時車廂內的廣播器嘁嚓響了幾聲後，傳來地鐵司機的聲音：

「Mesdames, Messieurs, suite à un incident grave de voyageur à la station Louise Michel, le trafic est momentanément interrompu sur la ligne 3 entre Pont de Levallois et Porte de Champerret. Nous vous invitons à prendre les correspondances et vous remercions de votre compréhension[5].」

5 「各位女士、先生，由於Louise Michel 一站有名乘客發生了嚴重事故，地鐵三號線Pont de Levallois 和Porte de Champerret 兩站之間，暫時停止行駛。請各位轉乘其他路線，謝謝您的諒解。」

車廂內一陣騷動。大多數乘客聽了廣播後，以各種方式表達了一絲無奈或不快，便魚貫走出車廂。彷若大夢初醒的郭清澐屬於那留下來的一小撮人之一。來法國五、六年了，司機廣播的內容雖然委婉，但她也是聽懂了所謂的「下一站發生了乘客嚴重事故」代表了什麼意義。她心裡雖然覺得毛毛的，但制止了自己再往下想像血肉模糊的場面，板著一張臉繼續思考她的論文。沒親眼見過的事，不難淡出思緒，文學才是令她心安的現實。她在其中好好地被保護著，只有內部的思維波動，外來的風雨再怎麼狂暴，都只有一抹陰沉卻淡淡的痕跡。

她又等了幾分鐘，列車還是停留在原地，原本沒下車的乘客開始研究公車路線圖、打電話給親朋好友告知自己將會遲到。

郭清澐再看了看錶，快六點了，於是也傳了個簡訊給必必，告訴她自己可能會晚點到，因為地鐵發生了「問題」，她最後可能還是得走回家。

郭再榮等女孩講完了電話，才問：

「要從哪個巷口轉進去？」

女孩收起手機，看了看周邊的環境，想了想，覺得沒有必要告訴司機她家地址，於是改口說：

「就在前面巷口的便利商店停就好了，謝謝。」

「喔。」郭再榮應了一聲，猶豫了一下，又問：

「小姐，你們剛剛講的是法文嗎？」

女孩聞言嚇了一跳，回答：

「呃，對……司機先生你聽得懂法文？」

「沒有啦沒有啦，怎麼可能，我英文都不會說了。是有時候會載到法國客人啦……我女兒教過我法文的『你好』怎麼說，但是我忘記了。」

郭再榮搔搔頭，想起女兒上次從法國回來，教了他兩句法文問候語就火大了的場面。剛下飛機的她只想趕快回家洗澡補眠，面對父親一再反覆的問句，她索性蚌殼一樣地抿著嘴，戴起墨鏡在後座閉目養神，不理會郭再榮「嘣」來「嘣」去地記不起她才剛重複過的下一個音節。

女孩客氣地以抿嘴笑了笑作為回答。便利商店在望，她歸心似箭。已經接近凌晨一點了，她不願意再和司機閒扯。

郭再榮依指示在便利商店前停了車，說：

「一百一，謝謝妳！」

他依約收下了錢，女孩正要開車門時，郭再榮又說：

「是不是要打個電話給妳家人，說妳到了？」

「不用啦，我走幾步路就到了，我家附近很安全。」女孩敷衍地說，藏不住眼底覺得郭再榮很囉唆的訊息。

「是沒錯啦，可是剛剛妳家人已經記下我的車牌號碼，如果妳沒有安全到家，是我的責任喔！」

女孩一腳踏出了車門，還欲分辯，忽然覺得眼前是個不可理喻的人。她撥了哥哥手機的號碼，還在打電動的他無暇接聽。女孩只好撥了家裡的號碼，吵醒了房間離電話最近，且已經就寢的奶奶。

女孩迅速交代了幾句話，說她現在走回家馬上要到了，然後瞪著郭再榮，用眼神傳達了「這樣你滿意了吧」的訊息。說罷她用力甩上車門，頭也不回地離開。叮咚一聲，她走進了燈光白得刺眼的便利商店。

必必隔著落地玻璃窗向在外頭張望的郭清澐招招手。魂不守舍的郭清澐看到了他們一桌四人，剛好是兩對臺法情侶，一時間覺得自己像闖入了別人安排得好好的聚會——早知道她該先問清楚的。第五個人向來讓兩張方桌過於擁擠、三張方桌過於空曠，而讓自己孤懸於談話圈邊緣。

「這是Yun。」必必笑靨如花地用法文向大家介紹：「我的博士生朋友。」她特別強調了「博士生」三個字，以表示她的與有榮焉。

必必是為了來找網路上認識的法國男友，才拋下臺灣的工作、報名了長期法語班留下的。沒有學業的壓力，她的巴黎生活充滿了假期感，流動盛宴一樣的，不時在臉書上看得到她去不同場所體驗人生，或去外地度周末的照片。生性活潑好交際的必必，千里情奔的男友尚夏爾是個比她年長一些的木訥電腦工程師。他話不多，人挺正派，但身上穿的西裝永遠不甚筆挺。郭清澐和他吻頰打招呼時，注意到他襯衫領口沾上了午餐的一滴醬汁，前胸口袋隨意插著一支無蓋的原子筆。

另一對情侶的平均年齡則往下降了。一頭亂髮、左派知青模樣的艾希克，和郭清澐、必必差不多歲數，在二十五和三十歲之間，而他芳華正盛的小女友——以法文名字自我介紹為 Charlotte——大約二十二、三歲，剛出大學校園的年紀。Charlotte 濃豔的眼妝和精緻無瑕的女性化打扮下，偶爾露出小女孩靈巧動人的表情。聽說郭清澐在念文學博士，霧茫茫、水靈靈的眼睛裡出現了「好崇拜」的討好神色，但也僅止於此。郭清澐和她依當地習俗吻頰時，聞到了她身上的花果香，是精挑細選過、配合當日穿著且濃淡合宜的那種，恰與男友有些隨心所欲的風格形成強烈對比。郭清澐是第一次見到這一雙組合怪異的璧人。必必和尚夏爾的戀愛關係已經夠讓人驚訝了，這一對不是不登對，而是憤青風對上時尚千金風，多少有點引人注目的混搭感。他們這一桌再加上她這一個衣著樸素的學生，不可不謂之詭異至極。是什麼把他們湊在一塊兒的呢？

「Yun，我們正講到寒假要去滑雪的事。要不要一起來啊？」必必待她坐定，熱烈地接續了先前的話題。

郭再榮等到女孩提著一袋零食走出便利商店後，才走進去外帶了一杯熱咖啡，請店員加了三包糖。

他坐回駕駛座，鎖上車門，仔細地掀開塑膠杯蓋。怕燙的他一邊吹著熱咖啡，一邊小心啜飲，想自己該直接收工回家，還是順道載客。其實他不大願意太早回到租來的住所：女兒離家後幾年，他跟妻子也分居了，開夜車變成了最好消磨時間的方法。在臺北空曠的街道上兜著轉著，讓他心裡覺得很平靜——他終於擁有了一個人的自由，不用再看妻女的臉色。但獨自一人在車上吃便當、喝飲料的時候，他常不知不覺地恍神，片片段段回想為什麼一個家庭，會隨著時間惡化到不可收拾的地步？他想歸想，除了幾張嫌惡的臉的定格外，是沒有什麼清楚的答案的。

你郭再榮是什麼人，為什麼老是認不清現實，處處丟人現眼？

曾經是美麗大方、善體人意的少女的妻子，瞅著自己，像是她人生中最大的錯誤及恥辱。

從書堆中偶爾抬起眼的女兒，對他怒目而視；她就要出言頂撞的那一瞬間，不斷在郭再榮的腦海裡複製。然而最後一次的家庭旅行中，面對不時迸發的爭執，女兒卻幾乎已經完全置身事外，從另一個世界遙遙皺著眉，觀看他丟人現眼的事實，和她母親指控她自覺高人一等的憤恨表情。他們三個人的人生，除了厭憎，彷彿已經沒有任何交集了。

郭再榮抹了抹濕潤的眼角，再次開了廣播，想驅散夜裡這些理也理不清的雜亂思緒。

郭清澐一整個晚上聽著必必多采多姿的滑雪計畫，像電臺賣藥一樣翻來覆去，剛換了話題卻又踅了回來，彷彿鐵了心要讓不甚起勁的聽眾改變心意，隨之起舞。這離郭清澐理想的一頓晚餐實在太遠，讓她數度想先行離開，自己找個餐廳把晚飯給用了，卻又礙於沒有好藉口。關於去山上滑雪一星期的計畫，必必明知道她沒有閒錢出遊，卻仍不斷將她拉入度假的話題，除了讓她尷尬外，還多生出了一分厭煩。郭清澐一開始以為必必是在興頭上，才分外熱切；但當她終於以論文為由，婉拒加入時，她才發現自己的拒絕根本無關痛癢。必必口頭上熱烈邀請的雖然是自己，但實際上，她真正的目標是讓眼前這對直道「這主意不錯，再看看」的璧人承諾加入。

艾希克有些無精打采地回答必必時，在桌下不斷暗暗捏著Charlotte的手心，彷彿是一種暗號。Charlotte接著禮貌地說，寒假時她的父母可能會來巴黎玩，恐怕不得自由，但她是很想去體驗滑雪的。尚夏爾則一向是必必的應聲蟲，她說什麼，他都完全同意。

郭清澐開著半隻眼睛、半隻耳朵參與這個繞來繞去的話題，像個沒有假期的局外人，隨意翻看著山中滑雪小木屋的精美簡介。她必須適度關切裡頭宣傳的訊息，卻對木屋背後扁平的雪景一點感受也沒有，更遑論必必不斷強調的，木屋裡豪華的陳設與星級餐廳的吸引力。

第一輪飲料早就喝完了，他們決定——事實上是艾希克提議——待在同一間店，簡單點份牛排薯條來吃，因為他和 Charlotte 等會兒還得去一個朋友家的宴會露個臉。郭清澐一刀切下該是七分熟的牛排，肉裡的血水急湧而出，沾染了盤邊的薯條和沙拉。她默默放下刀叉，按捺了一陣噁心感，用眼神搜尋去室外座位送菜的侍者。她掠過一桌桌穿著大衣談笑的客人，最後在直立的戶外暖爐邊看見侍者正在開汽水瓶蓋，橘紅色的火焰在暖爐的金屬傘頂下燒得正烈。她低調地向他招了手。

「看！那個滑雪站有藝廊耶，親愛的，你不覺得這很棒嗎？」必必放下手中的叉子，展開手機螢幕上的照片，在大家眼前晃了晃，轉頭尋求尚夏爾的支持。

「嗯，看起來很有趣呢。」Charlotte 暫時將注意力從眼前的義式沙拉轉向照片上的深山藝廊，讓尚夏爾免去了敷衍的回答。對尚夏爾來說，深山裡有沒有藝廊，是一點也不重要的，就跟巴黎街上有幾間藝廊，對他來說都差別不大。然而在必必的興高采烈前，他不能表達他真正的想法。

艾希克看在眼裡，挑了挑眉，用手到自己的盤子裡抓了兩根薯條吃。郭清澐感覺這個舉動充滿了對必必的不屑，她很想告訴必必不要再作無謂的努力了——雖然她對這對年輕情侶認識不深，但身為旁觀者，她知道他們是不會去的。天知道必必為什麼使盡渾身解數要說服他們！

侍者走向郭清澐，詢問她的需求。

「Yun……怎麼了？妳為什麼不吃了？」必必這才注意到她只切開了肉，一口也沒動。

郭清澐眼前忽然又閃現了對面月臺上的金色人形，木乃伊一樣地用保溫鋁箔紙裹得牢密，固定在擔架上。急救人員將擔架的輪子架起，正準備結束任務。她坐在往另一個方向開的地鐵上，心驚膽寒地想著徐徐前進的車輪下，是否噴濺了殘餘的血肉。這重播畫面讓她的腸胃絞在了一起，胃口頓失。這一刻她其實想把這件暗暗糾纏著她的事說出口，卻不知為何只應了句：

「肉還太生了。」

郭再榮把車開回了沉睡的城市中心，按表讓車頂上「出租汽車」的燈號熄滅。偶有三兩醉酒的夜歸人在路旁攔車，他只隔著車窗搖搖手，表示收工了。他雙手握著方向盤，順著行車的韻律，聆聽他終於找到的外文頻道。其實他一句歌詞也聽不懂，但這個電臺是女兒從前在車上溫書時唯一不排斥的。沒有主持人介入的節目，播放著柔緩的旋律和歌聲，一首接一首，像嬰兒搖籃曲，鎮定了她的焦慮與不耐。這頻道曾帶給他們父女倆短暫的平和時光。

「小澐晚安。」郭再榮輕聲對車玻璃的方向說，像從前躡手躡腳移開床邊掛著的音樂小雞吊鈴的時刻……抵達盡頭的拉繩彷彿又動了一下，噹一聲讓女兒微微睜開睡眼，看見了爸爸祝她有個好夢的一瞬。

「約他們出來一趟要大費周章，他們卻連個甜點都不願意等！」必必用指尖點著水杯裡殘餘的水，對尚夏爾和郭清澐抱怨道。

艾希克和 Charlotte 告辭後，必必的電力銳減，忽然間對什麼話題都失去了興趣。她默不作聲了好一晌，最後爆出了這麼一句。隔天還要上班的尚夏爾面帶疲憊，舀著玻璃方杯裡的巧克力慕絲，安慰她說：

「沒關係，以後少約他們就好了。」

必必聽了他的話，氣不減反增，她忿忿不平地用中文說：

「他爸爸開畫廊的就這麼跩。要不是看在Charlotte的份上，我才不想找他一起吃飯呢！」

郭清澐斜靠在木椅背上，慢慢啜著又苦又酸的無咖啡因濃縮咖啡。舌尖才剛接觸到表面，她就皺了眉，再放回小碟上多加了一包糖。

尚夏爾也不期待有人將必必的話翻成法文讓他也聽懂。他摟了摟必必的肩，表示他的在乎與支持；郭清澐則閃避了所有不必要的回答，用小匙攪了攪咖啡，像喝藥一樣一飲而盡。

「Yun，妳今晚話不多，有心事嗎？」必必話頭一轉，面帶關心地問。

「喔，今天去兼家教了，比較累。」郭清澐淡淡地回了一聲，只覺得自己就是傍晚那具被處理完畢的金色人形，慢慢被推出事故現場，移往太平間去。不見血肉的屍身，省卻了必必那兩滴為她準備好的眼淚。

「那論文進行得順利嗎？」必必敲著烤布蕾上的脆焦糖，又問。她睜大雙眼，眨了一眨，彷彿是要將隱形眼鏡調回正確的位置。

「嗯。」郭清澐點頭。她只想回家。

午夜前一刻，郭清澐走下巴士底歌劇院前通往地下鐵的大型階梯。一群龐克青年帶著幾隻大狗，坐在階梯底部喝酒，抽著氣味濃厚的大麻菸。他們旁若無人地笑著、鬧著，在尿液與碎酒瓶間圈出了一塊屬於他們的地盤，與經過的路人全不相干。郭清澐是那些路人的其中一個，明天一早她就回到她的文學研究裡。在那個無菌的、理智的現實裡，除了偶然搖曳的心旌，她是安全的。使用的語言將會是已和整個世界切斷聯繫的標本，她可以用來定義時間、定義空間、定義記憶、家，還有父親——這嚴密的保護讓她能隔著距離觀看這一切，而不感到悲哀。

但今晚，她覺得非常寂寞，和開著車的爸爸一樣寂寞。

寧日

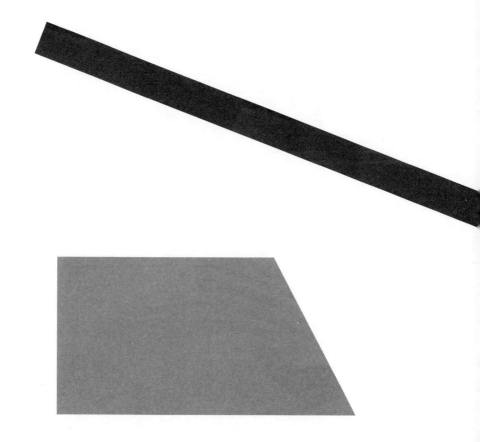

事後舒曇景回到螢幕前，瞪著其上橫向爬行的字串，久久拼湊不出左右符號串聯出的意義，而不過一刻鐘前她在同一位置上曾有過某種即將暢通無阻的念頭就要湧向天靈蓋的預感。這念頭被生生截斷後上下文便少了合適的轉接頭，甲學者的論述成了牛頭，乙學者的看法成了馬嘴，掩藏在第一人稱複數背後的舒曇景個人卑微的意見付之闕如。「De ce point de vue nous pourrions dire que......」此類關鍵字串在她呆滯的目光下漸成無用斷橋一座，只得倒退拆除，半日的工作喀噠喀噠地鬆垮下來。

舒曇景往前重溯甲學者言及的影像中之時間變數，往後檢閱乙學者代之以空間感知分析的評論，詳情是愈想愈模糊，推銷員丙平穩具說服力的聲音卻以畫外音方式重現，其難纏的千百項論據介入兩者之間，這叫作（不由）自主的記憶。

如要使用倒敘的話事情是這樣的：時間和空間交會在門前的某個虛點，被推銷員丙先生占據，跟無線電視網有關，跟無限寬頻上網有關，跟超優惠電話費率有關。舒曇景費力地一一擊破，她重複著不需要不需要真的不需要，無效。改口說再想想再看看再聯絡，留下丙先生聯絡方式才得以正當闔上門，不致讓人產生彷彿好意被辜負的負面印象。

這幢有兩道密碼門和一個管理員的公寓從去年底開始失去了過濾訪客的功能。除卻每年耶誕節前抱著新年年曆委婉曲折地登門收小費但從不曾把掛號信直接送到住戶手上的郵差不談外，自稱上帝使者的也曾長驅直入，堅持且用力地長按門鈴。舒曇景每每猶豫再三後還是開了個門縫，一開便全盤皆輸，花錢行善／消災了事。並不開門見山的上帝使者丁以誇張顫動的嗓音說他照顧居家老人，以音樂淨化輔導少年心靈，乃抱有「老者安之、少者懷之」職志之士。在以不信教為由反反覆覆擺脫不了的情況下，舒曇景改口問他隸屬何協會何教會，或許將來有機會親自去望彌撒云云，他則從亂七八糟手札中翻出與問題毫不相干的破剪報及信封。舊信封背面潦草寫著數種捐款方式，使者丁伸手暗示支票為佳，開給本人即可。在舒曇景如墜五里霧般緊盯著歇斯底里的字跡時，上帝的使者又雙手合十、臉上仰四十五度，加強語氣說明他曾突破萬難到北韓傳道，想必女士您了解這有多麼艱辛。一袋接一袋扔出的誆騙沙包破洞百出，超寫實的瘋狂纏得她不管以哪種合理論據都脫不了身，最後她找了兩個銅板奉獻才迅速地換回安寧。

舒曇景在這樣的倒敘中忽然對貝爾先生某日晨起告訴她的一個夢略有所悟。夢裡貝爾先生發覺他的房子、院子裡出現大量不請自來的各色動物，未經他本人允許便奔跑蹦跳、侵占他的生活空間。其中他只對兔子和紅狐狸這兩種動物有印象。貝爾先生在夢裡抱著頭大叫：「我只要簡單的生活！簡單！」然後把白胖的兔子丟給了紅狐狸解決。十分滿意自己的處置方式，貝爾先生醒來後隨即望見爬上他肚皮撓抓索食的兩隻貓，頓時升起一股類似被逼上梁山的感慨。

事實上除了實體出現的不速之客，整日待在螢幕前試圖長篇大論的舒曇景也經常連續接到來自銀行、保險公司、兼營五花八門業務的電信公司的促銷電話。有時候一個下午可以像中選的幸運兒般接到三通以上。而想杜絕這些干擾，除了拔掉電話線外，人們必須從一開始就另繳月費給龍頭電信公司好讓家用電話號碼不會出現在黃頁電話簿上，或是另行安裝靜音及來電顯示功能。再不然就是順遂這些強力促銷者所願，只使用最便利實用且越來越先進的手機。

貝爾先生晚年聽力嚴重衰退，除了放在床邊的老式收音機他還聽得清楚外，門鈴與電話鈴響他時常充耳不聞。人們說話說得太快太急他也常接收不到訊號，沮喪之餘，久而久之他也發展出一套應變表情。於是與年邁的貝爾先生談話的人總覺得他彬彬有禮，雖不會馬上答腔，但目光深邃專注，似乎在思索著你話中的深意，不莽撞下定論。

大部分人都誤解了貝爾先生的重聽，他只是不好意思總叫人重說一次而已。或許換個方式想，他順勢擺脫了現代人永無寧日的生存模式，絕大多數不重要的資訊他從此不詳究了。

想到這兒舒曇景不禁發覺已有一段時間沒打電話問候貝爾先生了。而先前打過的電話，照例是沒有人接，獨居且拒絕助聽器的貝爾先生很可能也不會費神聽留言。足不出戶的舒曇景忙著生產論文也就忘了多方探問貝爾先生是否安在，算算上一次成功和貝爾先生講到話已是去年夏天的事了。那時他剛好坐在電話旁打盹兒，因為也日漸衰退的視力讓他閱讀起來分外吃力，一章節未讀完眼皮就沉重起來。「幸好外面天氣不錯，落地窗就這麼開著。」當時貝爾先生這麼說。他的意思是不必不斷起身為三心二意、一會兒進一會兒出、頻繁摳抓兩側玻璃門的兩隻貓做門房服務。

舒曇景決定結束與檔案僵持不下的局面。才連上網，遠方友人戊的哭訴便叮咚一聲隨著藍色長方格跳出來。徘徊於數個視窗間，佐以霹靂火般愛恨情仇延燒糾葛彙報，舒曇景最終必須面對這樣一再重現的問句：「妳覺得我下一步該怎麼辦？收手還是……？」

一百通電話留言，兩百通簡訊，三小時痛罵狼心狗肺，達成四點共識，分手五年、許久不見的已婚男友終於肯在第一點中承認遠方友人戊當年的情婦名分，友人戊說她被傷害到六親不認的地步，七情六欲無處寄託，八表同昏，久久不能釋懷，十個星期以來時空彷彿倒流倒置，每走一步就像倒退一步，追本溯源是前世冤孽，輪迴到今生命盤相剋，訴諸理智無效，命啊命啊，命運的網啊！天啊天啊，無力回天啊！啊然後妳覺得我下一步該怎麼辦？

舒曇景猶豫地敲擊著鍵盤，思考該怎麼措辭把這些散落的陳述串聯起來，然後從中間切入，正反詰辯，反覆推理，盡力給予中肯的外人意見，好讓提問者感覺獲得回音，得以暫時通體舒暢地帶著結論安穩入眠，不會因遭受收話者冷落而更加愁腸百轉。

好不容易找到回答方向，埋頭打完一個完整句子要按下送出鍵的當兒，舒曇景忽然看不懂自己正要傳出手的句子了。問零沒貨驚什刻好了。神奇輸入法自動串出解卦似的文字，卦象混沌不明，連帶地連解卦文字也費人思量，越解越玄，本來要講什麼竟然記不得了。舒曇景不知道自己是哪個字打錯了導致這種亂象，友人戊看著視窗下緣「對方正在寫入訊息」的字串消失了，急忙發出一連串的問號，追問那可能已被修改放棄的原始對策。

舒曇景只得照原樣送出，茫然地盯著螢幕，心想友人戊說不定能憑著多年的網路溝通經驗從中理出正確的意思。

等了好一陣子，對方卻遲遲沒有反應，連回問這是什麼鬼話的舉動也沒有。

她不禁狐疑地揣想對方是否已毫無障礙地解碼而又悲從中來或怎的了。舒曇景趕緊再埋頭苦打，想問自己到底說了什麼。一抬頭，發現滑鼠游標皆已死釘在靜止的視窗上，不會閃閃跳動了。以同按三鍵突破封鎖無效，電源開關也起不了作用，舒曇景只得生生把插頭拔起，再插回去，重新開機。

風扇再度運轉，畫面全黑。電腦讀取開機檔時，從內部傳來喀噠喀噠清脆如小馬原地踏步之聲。

小馬輕快地繞行某點，就是不肯進入彼端那扇窗。

打了無數求救電話，市內、長途、國際、特別號碼，被判定腦死的並沒有因此起死回生。舒曇景一邊疲憊地打包故障電腦的軀殼，一邊想著被她拒於門外的超優惠電話費率果然也是有存在的理由。

十五分鐘後她抱著紙箱下樓，到附近的郵局排隊；再十五分鐘後她將薄薄的掛號包裹回執塞進口袋。郵局的電動捲門咔噠咔噠地在她身後降了下來，而初夏傍晚的天光仍維持著午後三點的假象。舒曇景不自覺吹起口哨，拖著散漫的步伐往回家的路上走，穿越區公所前的廣場。廣場兩側嵌有左右對稱的整齊花圃及筆直的樹列，長椅等距排列其間，上頭坐滿了閑話家常、享受陽光的本地銀髮居民。兒童的三輪車、滑板車、遙控汽車在空地上疾馳衝撞，舒曇景一一閃避，然後繞過一旁暫停的推車。推車上若有所思地吸吮指頭的嬰兒看著廣場上的人們，不時抬頭張望半路停下來與舊識聊天的母親，彷彿懷抱著一串不知如何表達成句的疑問。

舒雲景走出區公所領地，繼續沿著一排圍牆漫步，圍牆盡頭右轉就到家了。她感覺全身掛滿了疲倦，像是已步行了一整個下午、卻什麼景點也沒參觀到的觀光客。牆頭上，一隻體態健美的黑貓敏捷地從右後方輕易超越了她，牠高高豎起的尾巴尖上有一小撮白毛，左搖右晃，像導遊的小旗幟，自顧自地往前挪移。舒雲景正想開口叫牠走慢點兒，說後面跟不上，卻發現黑貓領的是慢條斯里跟上來的白貓而不是她。居高臨下的纖瘦白貓經過她耳邊時瞥了她一眼，但步履始終輕盈規律，無一絲凌亂。舒雲景目送黑貓、白貓一前一後跳進了圍牆另一頭，她這落單的隊員於是加快了腳步，匆匆抵達牠們跳躍的定點，雙手扶著牆，踮起腳尖往另一頭張望。

雜草叢生的院子兩側躺滿剛砍下來的濃密樹枝，從被截肢的樹叢中間看去，可隱約瞥見一株株偎著石磚縫隙斜長出來的小野菊正隨四周氣流顫動。帶頭深入這片蓁莽的黑貓在其間忽隱忽現，熟練地穿越不規則的野草及青苔；白貓不疾不徐跳到圍牆附近高高的樹枝堆上等待，一邊觀察著黑貓的行動，一邊瞇著眼睛打量從牆後露出半張臉的舒雲景。

從能見度有限的院子深處傳來喀啦喀啦的聲響，持續了一陣後停止，又重新響起，如此數輪，十分堅決且規律地重複。舒雲景挨著牆屏息聆聽，這聲響後來忽然轉成了雙重變奏。時間不可計量地過去，舒雲景不知等了多久，天光在雲的背後開始有漸漸暗沉下來的趨勢，她這才發現白貓早不在原位戒備了。

院子深處終於有了新的動靜。

「晚安，最近好嗎？」舒雲景高聲向出現在落地窗旁的貝爾先生致意，驚嚇了數隻麻雀。

貝爾先生辨認出牆外的招呼聲，緩緩撥開樹叢，微笑點頭，問她上樓前要不要進來坐坐。

露臺教育

巴黎短片之二

夏夏在她的學生套房裡做著法文文法練習，現在式、複合過去式、未完成過去式和過去簡單式在紙上纏鬥不休。夏夏眨了眨她的長睫毛，這麼多的過去時態，在她腦中像指令般條列：結束的動作、未完成的狀態、結束的動作但在書寫上才用。三者的距離時遠時近，沒有畫面，沒有聲音，那是另一個世界的思維，另一個世界掌管時間的方式。

夏夏在巴黎過的時間，還像在樹葉上跳動的光影，飄忽不定，不時會閃現新刺激、新發現、新朋友。除了規律地上下課，她在大街小巷閑逛的時間，遠超過在電腦螢幕前。這改變來得如此自然，和臺北比起來，有種復古的時差。巴黎生活像快速播放的底片，喀喀喀滑過輕快的齒輪，有時放映的是黑白默片，有時是解放一切的新浪潮，有時也來幾段商業喜劇。她盡情感受撲面而來的不同符碼，照單全收，因為半知半解。各種差異在語言的雲霧中浮沉，巴黎承載的所有過去和現在、人物與事物，從去年春天以來，在夏夏的腦中和諧地共處、混搭。她甚至會按語言班老師建議的書單，到聖米榭爾大道上的書店買紙本書來讀。雖然每本名著看起來都還像是洞洞裝，雖然她立志兩年內學好語言是為了上服裝設計學校，生活的獨特滋味，仍是在她不熟悉的人事物間，點點滴滴累積。

練習本上的一個句子讓她忽然皺起了眉頭：Comme son interlocuteur (paraître) douter de tout ce qu'il disait, il a fini par perdre contenance[1].

括號內的詞尚未經時態變化，以原型示人。paraître 與 contenance 手拉著手，站在雲霧的另一端等她靠近。夏夏抓起了字典——這也是她在巴黎的一種復古表現——嘴裡喃喃念著這兩個詞。

「這要放哪種過去式啊？」夏夏在複合過去式和未完成過去式之間來回擺盪，「（表現出）」究竟是一種狀態，還是一種完成？

此時復古顯露了它的極限。夏夏轉向電腦螢幕，求助搜尋引擎在網海中撈出的討論串。如果她夠幸運，說不定還能下載到這本文法練習的解答。

1 由於對方對他說的一切都表現出懷疑的態度，他最後失了常態。

夏夏租的學生套房，位在巴黎較外緣的區。從門面古典的前棟建築進入中庭後，有三棟圍成ㄇ字形的、年代較新的水泥建築。夏夏的房間在右手邊那棟的二樓，面街的那一側，路樹的枝椏是她四季不同的窗景：冬陽下的枯枝金澄澄地透著白霜；春夏之際，樹梢從羞澀的嫩綠轉為蓬勃的濃綠；秋天則為兩者辦理交接，黃葉日復一日增加，人行道上漸漸堆滿了枯葉，然後某個寒冷的早晨，還在枝頭抵抗的剩葉，一夜決絕落盡。

來念語言班的夏夏，其實是沒機會住進由公家機關管理的低價學生宿舍的。她來念書前，很幸運地在網上看到臺灣留學生長租的啟事。那位博士生家裡有事，必須暫時回臺一年，卻又不願意放棄好不容易才申請到的套房。夏夏於是接手作了二房東。今年暑假回臺灣以前，她得另找好開學後的房子。但現在才四月，正是無憂無慮、陽光「越來越慷慨」的好時節，除了偶爾得應付繁重的法式馬拉松大考，她內心的音樂仍是明快的。有時她做做文法練習，會出神看向窗外某棵樹上初綻的花苞，想著回臺灣前要先去歐洲哪裡玩一圈。沒有特定目的地，夏夏隨心所欲地計畫小旅行，一個人也無妨。去年她就是買到了廉價航空公司的早鳥票，到佩魯嘉學了一個月的義大利文，邊學邊度假。她用法文的基礎來學義大利文，一個月後竟也讓她能隨口說上幾句。假期中，她喜歡和小城的義大利人閑扯淡：和他們說話，夏夏不會感到自己滿口都是待糾正的錯誤。和來自其他國家的同學，她也能十分輕鬆愜意地聊天。他們談話的內容不出幾點在城中大教堂前的階梯見，要吃什麼或吃了什麼，想一起參觀哪些地方，坐巴士還是坐火車。一群國際學生混合著幾種語言溝通，兼比手畫腳，沒有人聽不懂別人在說什麼，和她巴黎法文班的同學很不同。學識豐富的法語老師要求純粹和準確，為大家未來的求學生涯做好準備，而學生們呈現出來的樣貌，也是「密碼輸入錯誤，則無法進入介面」。

夏夏看了看手機，晚上七點了。窗外的陽光仍如午後燦爛。夏令時間實行後，白日便靜靜地、一天天地延展它的領土，常讓人產生時間的錯覺。她從書架上取下義大利麵和紅醬，準備到公用廚房簡單煮來吃。

臨出房門前，她一時興起，給她未來的晚餐照了一張相，波到臉書上討拍。

時間尚早，廚房裡還沒有任何動靜。夏夏躡足走向櫥櫃，像是很不好意思違背本地日常作息，這麼早就開伙。依她一個人吃飯的速度，煮加吃恐怕不用半小時就完成了。這個時段，有時她會在廚房碰到一個德國樓友，但今天是周五，恐怕很多人都出門玩去了。她法文班的臺灣同學Béatrice，必必，下課前邀她晚上到她和男友家吃飯，夏夏委婉地以周一的考試作藉口回絕了。夏夏兩個月前去過一次，已經在臺灣工作過的必必，來法國當準法國媳婦，總是有許多沙龍女主人般的貼心建議可以指導她，從皮膚保濕到跨國超市罐頭品牌，無所不包。一頓飯下來，夏夏甚至發覺自己來巴黎一年多還是單身，完全是不正常的狀況。

「不過Charlotte，妳還這麼年輕，機會很多的啦！不要急，慢慢來。」必必隨後勸慰道。

夏夏隱隱感覺必必的邏輯裡，隱藏著一個黑暗的世界。她對好意的門面很熟悉，但是不敢走進去。在巴黎她想當一個自由的人，這是身為一個異邦人能擁有的最好身分。

長麵條在鍋裡呼嚕呼嚕地煮著。夏夏用筷子攪了攪麵條。忽然間露臺上的笑鬧聲湧進了廚房。有人推開了走廊盡頭的門，用兩三種不同的語言問道：

「Who wants Sangria？」

夏夏端著她的義大利麵，在走廊上遇到了正要到冰箱拿水果調酒的一男一女。他們以西班牙語交談著，看到了夏夏，親切地說了聲嗨。

走廊的一端通往亮晃晃的露臺，或許還有些座位；另一端通往夏夏的房間，書桌上還堆滿了作業本。夏夏猶豫著：天氣這麼好，她該不該也到露臺上吃晚飯？但是外頭看起來是打算開派對了，她應該不請自來地去湊熱鬧嗎？還正想著，小心翼翼端著一大盆冰紅酒的男士，跟她說了聲抱歉，從她身旁經過，橘子片、檸檬片和蘋果塊在酒裡載浮載沉。尾隨在後的西班牙女孩，拿著杯子，對杵在走廊上的夏夏作了個手勢，說：

「Come with us!」

夏夏綻開了笑容，加入了歡樂的人群。

露臺上的方桌被併成了一個長桌，十幾個人湊齊了各種形狀的椅子，隨意圍著桌子坐，也有人靠在露臺的矮牆上抽菸。看到水果調酒往露臺的方向移動，他們不約而同發出了興高采烈的讚許聲。

夏夏發現這群年紀不同、但都很友善親切的人們，同時以法語和英語交談，間或可以聽到其中一部分人操著其他不同的歐語。西班牙女孩一邊發杯子給大家，一邊指了指其中一個空位。夏夏加入的這個談話圈也是以法語、英語為主，但令她驚喜地夾帶了幾句義大利語。她坐下的時候，刻意用義大利語向對面的一老一少打了聲招呼。

年紀較長的男士其實是位法國學者，但出乎意料地平易近人，和年輕人打成一片。他身旁坐著的男孩來自義大利，穿著一件有腰身的淺藍襯衫，領口微敞。學者向夏夏解釋他們剛開完國際研討會，住在這個宿舍的博士生安娜——坐在另一頭的那位金髮女孩——說他們有個露臺，可以開個國際慶功宴。他們有些人明天就各自回國了，有些人還留著參觀巴黎。連珠炮般地解釋完畢，學者好奇地看著夏夏，用法語問：

「妳來法國念書嗎？怎麼也會說義大利語？妳從亞洲哪裡來的？」

三個問題齊發，讓夏夏不知道該從何回答起。這時學者轉向義大利男孩，和坐在夏夏身邊，看不出是來自何方的女孩，用義大利語和另一種夏夏無法辨識的語言，問他們是否聽懂了他剛才的問題。

兩人點頭，但義大利男孩用唱歌一樣的彈舌英語，說還是用英語溝通比較好。

夏夏抓緊談話空隙吃著她的麵。十分鐘不到，她已經用英語和法語回答了無數關於臺灣的問題，包括她手中的那雙筷子，所以並沒有太多時間吃麵。回答到最後，她其實已經不知道自己正使用哪種語言。長桌這頭，大抵是學者的個人秀，三位聽眾聽著他上天下海，滔滔不絕。其中兩名時而微笑，時而簡短地回話。只聽懂一半對話的夏夏，偶爾能辨識出某些長篇大論中的幽默，但並未參與他們的談話，只負責在話題轉換之間，跳躍地回答泛亞洲區域的各種問題。有時候她甚至懷疑自己是不是在編造故事。不過，幸好學者自有一套接話方式，夏夏起了個話頭，他便能無縫接軌，洋洋灑灑地告訴所有聽眾他對亞洲的認識。

夏夏也零零星星地聽到另一邊的談話，但話題似乎變得比較嚴肅，更沒有她插嘴的地方。她於是將目光移回對面兩位男士身上。此時，已經打量她一段時間的義大利男孩，對著她說：

「Giapponese!」[2]

夏夏有些驚訝，但心想或許他是沒聽懂——或沒聽見——她稍早說過的「她是從臺灣來的」那句話。

「No, non sono giapponese.」[3]

夏夏看向義大利男孩，和顏悅色地回道。他瀟灑地笑了笑，不置可否，眼底閃爍著一道光芒，看起來頗得意自己一出口逗弄就奏效，成功引起了亞洲女孩的注意。

學者彷彿沒注意到這個小插曲，卻接著說起他受邀到日本講學，和同事一起去賞

---

2 「日本人！」

3 「不，我不是日本人。」

櫻的趣事。從賞櫻講到了攀登富士山，又從富士山講到了京都的藝妓，色彩斑斕，引人遐想，但因他使用的詞彙過於豐沛，英法雙語川流不息，令夏夏不禁出神地看著他不斷挪動的嘴唇，聲音卻不同步。她耳邊幽幽響起的配樂是蝴蝶夫人的詠嘆調，啊啊啊唱著美好的一日，幫學者的日本之旅配音。

沉浸在幻想中的夏夏突然被另一句「giapponese!」驚醒。

夏夏蹙起了眉頭，再次轉向聲音的來源，露出「這玩笑一點都不好笑」的表情。她內心的獨白，則是不知道自己是哪裡長得像日本人了？還是所有亞洲人長得都差不多，不需要太計較？義大利男孩盯著她看，觀察她像血壓計一樣暗暗升高的惱怒，樂趣因而加倍。夏夏克制住怒氣，僅僅「不太高興地」再次強調：

「No, sono taiwanese.」[4]

「Giapponese!」夏夏的死對頭冷不防又拋下一句，完全不鳥她的辯駁，偷襲成功。

---

4 「不，我是臺灣人。」

她感到一股熱氣衝向了腦門，震得耳邊嗡嗡響，馬上不假思索也應了一句：

「Non sono GIAPPONESE. I giapponesi sono stupidi!」[5]

夏夏心想，這樣太平了吧？日本人勤勤懇懇、過分有禮的形象在她腦中浮現。她本想乘勝追擊再補一句：「你們不是最愛嘲笑這種拘謹的模樣？」然而這句話的動詞和形容詞都超出她的初級義語範圍，想了一秒後只好作罷。

這時她才發現她這一吼分貝過高，已讓整桌的對話靜了下來，一片鴉雀無聲。

在這尷尬的三秒間，學者率先移開了視線，湊過去聽長桌另一邊慢慢恢復的談話。本來和她槓上的義大利男孩，則瞬間放棄了玩殘的遊戲，努了努嘴，跟他對面那個不知從哪裡來的女孩對看了一會兒，不敢顯露出太多表情。話極少的女孩不知是否和他使了什麼眼色，她的長鬈髮遮住了半張臉。夏夏只看見她拿起酒杯，靜靜啜飲了幾口sangria。

5 「我不是日本人！日本人很笨！」

長桌這一頭氣氛完全冷掉了。夏夏低頭吃著自己的麵，默默聽著義大利男孩重起爐灶，用英語和她對面的女孩閑聊起來。

夏夏被安進了兩個談話圈中的空白地帶。學者已經船過水無痕地加入了隔壁的學術討論圈，泰然自若地評論著某本書。亞洲之旅像是一場昨夜的夢。

義大利男孩和夏夏身邊的女孩聊起巴西音樂，說他在巴黎地鐵裡看見了某歌手演唱會的海報，邀她明天晚上一起去聽，他星期天才回義大利。

夏夏再也忍不住好奇心，插進了他們的談話，問女孩是從哪裡來的。

女孩轉頭看她，輪廓深邃的五官中，也帶有一絲夏夏無法辨識的成分。她微微一笑，說：

「I'm Brazilian, but my grandparents came from Japan.」

夏夏回到了她的文法練習裡。

夜很深了，她好不容易才做完了最後一題。從露臺上回來後，她有一半的時間是望著眼前的牆壁發呆，什麼時態都混攪在一團，像凝固的肉凍。

她離開的時候，金黃色的陽光還灑滿了半個露臺。長桌的人們仍繼續輕鬆愜意地喝酒聊天，分享著生火腿、長棍麵包、起司、橄欖和花生。

夏夏冷掉的麵乾乾的，難以下嚥，但因為沒有任何人搭理她了，麵條是她最後的掩護，讓她能繼續坐在那兒，有事可忙。

所有人都表現得若無其事。所有人的若無其事，都提醒著她她說了蠢話。而她為什麼說了蠢話，並不重要，因為事實是她超出了言論的界線，進入了非言論的領域，無法討論；也因為這只是件小事，沒有小題大作的必要。這種無聲的默契，讓長桌上明日就將各奔東西的人們，自自然然結合成一個群體。夏夏感受得到一堵堅固的牆，把她像一個不重要的問題一樣隔開了；她也知道，過幾天他們就會徹底忘了這件事，她甚至可能不會在走廊遇見也住在這棟宿舍的博士生安娜。

或者說，就算她巧遇了安娜，安娜也根本不會記得，曾加入過他們長桌派對的亞洲女孩，就是夏夏。

夏夏端著盤子離開的時候，試著小聲地說了再見，沒有人聽見。而他們並不是故意沒聽見的。

夏夏眨了眨她的長睫毛，心中充滿了懊悔，但說不出最讓她懊悔的是什麼。臉書上她的討拍文已經超過了五十個讚。她點進那張照片，恨不得時間就停留在波文的那一刻，未完成的狀態。

家具

尚夏爾下班回家時，客廳的燈是暗著的，玻璃窗外的窗板並未闔上。植物在面街的窗臺上渴得奄奄一息。

他坐在門邊的小木凳上脫掉黑皮鞋，放到周末才穿的休閑鞋旁邊，順手拆開了剛從信箱廣告堆裡拿上來的信件：六個月來一次的水電瓦斯帳單，三個月來的健保退款明細，有一封信是他的同居女友必必的，看起來像是銀行結單。

尚夏爾轉頭向亮著燈的臥室說：

「必必，有妳的信。」

沒有回應，必必想必戴著耳機，窩在床上用筆電看日韓連續劇。

尚夏爾脫下外套，掛到門邊的衣架上，然後拿著信走到臥室，探頭說：

「妳的信。」

裹在被窩裡的必必掛著一抹入戲的微笑，按了暫停。她拿下耳機，接過信，隨口應了一句：

「你回來啦，晚上想吃什麼？」

必必的語氣淡淡的，聽來是沒打算馬上起來做晚飯。還穿著睡衣的她，跟尚夏爾昨晚睡前見到的她一模一樣，一整個白天完全沒有在她身上留下任何痕跡。自從不上法文課了以後，必必整天待在家裡，一開始還多少上網找些工作，但半年過去了，寄出的履歷從來沒有面試的回音——連當服飾店的店員都要有相關經歷——必必乾脆也省下了力氣，認定自己在法國絕對找不到和她在臺灣同等級的工作，而她為了尚夏爾辭掉ＯＬ工作來巴黎和他一起生活兩三年了，他卻遲遲沒向她求婚，這讓她一點兒也提不起做全職主婦的勁兒。只有偶爾邀請朋友來家裡的時候，必必會忽然進入角色，扮演起一個幸福的準法國媳婦。

尚夏爾聳聳肩，說：

「冰箱不知道還剩什麼，我去看看。」

他打開冰箱，空蕩蕩的，剩下半包義大利餃、三分之一包明明保存期限未過，卻已經有點開始出水腐爛的沙拉；一顆兩三個月不壞的蘋果，在蔬果箱裡和一顆橘子交互滾來滾去——所有食材加起來，不夠兩人晚餐。尚夏爾看看微波爐上顯示的時間，20：18，便完全打消了再去超市隨便買點什麼回來煮的念頭。他不曉得整天待在家裡的必必，為什麼連出門去採買也不願意了。她剛來的時候，每天都是活力充沛的，上法文課、研究食譜、探索不同菜市場，在他下班前已經以臺灣人的超高效率做完了法國人三天做的事，晚上不時還有剩餘的精力拖著較為內向被動的他到處跑，看電影、跟朋友約吃飯、甚至是參觀夜間時段博物館。在家開伙的日子，廚藝好的必必則是在他回來之前就洗好、切好了菜，就等他傳簡訊告訴她他下班了，已坐上回家的地鐵。那時候他一開家門，便能聞到飯菜香，廚房裡轟轟烈烈烹煮著熱食。尚夏爾雖然對吃冷菜沒有任何異議，但看著他的臺灣女友細心為他張羅亞洲熱食，好不時換換口味，他覺得人生的幸福大概也就莫過於此了。

然而不知何時起，必必的飯局越來越少了。起先尚夏爾也不以為意，不太擅長交際的他，大多時候總是陪著必必見她各式各樣的新朋友的，應酬少了，反倒讓他能回到他規律的上班族生活。況且常吃餐廳，對他來說也是一筆額外的開銷。不應酬對他倒好，尚夏爾自然不會去追問必必為什麼飯局變成了零。可是自從飯局變成了零，他們之間的性生活好像也變成了零。

尚夏爾關上了冰箱，不曉得這兩者間的關聯是否只是時間上的偶然。但如果不是偶然，那他為什麼會把兩件事想到了一塊兒？

他和必必是在網路上跨洋認識的，一開始是用七拼八湊的英文聊的天。在臺北貿易公司當 sales 的必必，夜裡開著電腦半睡半醒，就等尚夏爾下班回家上線，敲她一聲，她便從被窩裡爬出來 chat，直到尚夏爾晚間十一點——必必的凌晨五點或六點——準備上床睡覺了，她才倒回床上睡一兩個小時後去上班。後來他們聊天聊久了，進入視訊階段，必必則又提前訂好了午夜鬧鐘，在他上線前畫好了妝、換好了衣服。有時她聊完天，累得連妝也不卸了，就這樣和衣而臥，鬧鐘再響起時便原封不動地趕去上班。這初識的三四個月，必必其實是配合尚夏爾的巴黎作息過日子的。雖然後來她講起來時輕描淡寫，但真正認識必必的人，馬上能想像一開始時，必必是如何把尚夏爾比照重大客戶辦理的。

從尚夏爾這邊看來，他們初識的階段則是另一種風景。當時他註冊交友網站已有一兩年了，斷斷續續在周末也安排了幾場約會，卻總是沒有下文。在通訊軟體上讓他心神蕩漾的照片和笑容，柔媚可人的談話串和表情符號，見到了本尊後，總像是一場虛擬世界的殘夢。或許對方也嫌他本人木訥不出色，言談不如打字內容有趣，但就他這方來說，對方就該像他工作時不斷修正的物流管理軟體，原有程式趨近零 bug 才是他的目標，沒有錯誤訊息或緊急問題的日子，也就是最讓他感到滿足的日子，而實際上倉庫裡貨物怎麼堆，程式是否能全面重寫，他並不怎麼想進一步了解。

所以必必在網上的積極主動，適切地提供了他下班後、休閑時最完美的活動。從公司的螢幕到家裡的螢幕，中間的過渡簡單而無負擔，沒有馬上得見面的壓力，正好也讓他有藉口暫停了周末的約會，可以安心和老朋友去酒吧喝啤酒、看球賽。

依尚夏爾慢吞吞的個性，若不是因為全部的老朋友們剛好一整個耶誕假期都不在巴黎，他又不想回老家跟父親大眼瞪小眼地同處一個屋簷下——自從他媽媽癌症過世後，尚夏爾一年最多只回去一個周末，且特意避開所有節日——他應該是不會貿貿然在線上聊天三個月後，就決定飛到一個認識必必前他只聽過「Made in Taiwan」的地方。

突如其來的寂寞，讓他一邊看著視訊上解開胸罩的必必，一邊在網上刷了機票。

那是一趟回想起來仍讓他心跳加速的新奇旅程。一下飛機，穿著高跟鞋、牛仔窄裙、緊身T恤、外套掛在手臂上的必必就在接機大廳等他。這是尚夏爾第一次跟一個亞洲女孩交往，他無法判斷她的實際長相與照片和視訊上有何不同，只能知覺到裝了假睫毛、眼妝很嫵媚的必必，並沒有想像中的細長單眼皮、杏仁似的雙眼。她一眼在人群中認出尚夏爾來，喚了他一聲，便衝上前來給了他一個深深的擁抱。尚夏爾其實是有點驚訝的，他才剛在旅遊指南上讀到亞洲人打招呼的方式和歐洲人不同，就算是家人好友，身體接觸也十分有限。他沒想到第一次見面的必必會和視訊上一樣火熱，眾目睽睽下，她雙手勾著他的脖子，圓滾豐滿的胸部緊貼著他，讓他身體馬上起了反應。不過，尚夏爾轉念一想，其實他們在視訊上老早算是情人了吧，這跟他在巴黎安排的周末會面不同，也很自然。

臺北的冬天竟有十八度高溫，尚夏爾才上了必必的車，便脫下了在他來說是很多餘的毛衣，只穿著裡頭的短袖T恤。開著車的必必睨了他手臂上濃密的毛，微微一笑，彷彿為她幻想中的體毛真實存在，且近在咫尺一事感到欣慰。

必必車不是往她的住所開，她給尚夏爾的驚喜是臺北近郊的溫泉旅館。依山傍水興建的溫泉旅館從外面看起來頗為雜亂，並沒有統一和諧的樣式，但最讓尚夏爾驚奇的，除了市集上一攤接一攤大紅大綠異國風情十足的小吃，便是大剌剌穿越河床和大街的電線與管路。這在法國的公共空間中幾乎看不到的管線，襯著耶誕節將近的背景音效和燈飾，讓他的感官受到了難以形容的刺激。尚夏爾感覺他飛速脫離了他原有的生活常軌，變成了另一個愛冒險、好擁抱未知的人。他和必必手牽手逛過了周末人潮洶湧的觀光街後，雖仍用生澀的外語交談，有時得用微笑掩飾聽不懂的尷尬，兩人卻彷彿已是交往多年的情侶。當他們回到設有私人溫泉浴池的房間，尚夏爾乾涸已久的單身肉體，獲得了前所未有的滋潤。事後他一手摟著必必，一手搭在檜木浴池的邊緣，享受著疲倦中的饜足感。水氣氤氳中，周末和老朋友上酒吧看球賽的老習慣，彷佛完全屬於別人的人生。

尚夏爾回到臥室，掀起了被窩，躺到必必膝蓋旁。從他的方向看去，筆電遮住了她半張臉。她的眼睛不曾須臾離開螢幕，只用單手將被子稍微拉近雙腳。對於尚夏爾將她的睡褲褲腳推到膝上，開始撫摸和親吻她小腿的舉動，她只暗暗皺了一下眉，便用他的語言道：

「所以呢？冰箱裡還剩什麼？」

尚夏爾在大螢幕前的酒桶桌找到了他的好友賽吉。賽吉不知早到了多久，他的啤酒杯差不多快空了。和尚夏爾打完招呼，賽吉的眼睛一邊挪回螢幕上的球賽，一邊說：

「再五分鐘就中場了。」

尚夏爾問他是不是再來一品脫同樣的啤酒，賽吉點頭。尚夏爾從吧臺帶了兩大杯紅啤酒和一包洋芋片回來的時候，中場的哨音也響了。賽吉像變了一個人似的，一掃先前的全神貫注，輕鬆愉快地和老友尚夏爾碰了杯，聊起與球賽完全無關的話題。

「你簡訊說有事要宣布。說吧！」尚夏爾飲了一口泡沫濃厚的冰涼啤酒。

「必必不來？」賽吉問。

「她晚點來吃飯。」

「那我就先說啦，我跟琳娜月底要結婚。」賽吉露出大大的、有點不好意思的笑容。

「啊，這麼突然？你還沒通知大家吧？」尚夏爾愣了一下，月底是三星期後的事，婚宴再怎麼簡單辦都有點倉促，他不知道賽吉為啥急在一時。

「我昨天打電話去市政府問公證時間，三星期後剛好有個空檔，我就預約了。琳娜的學生居留再兩個月就到期，這樣她就不用再去註冊語言班了。」

賽吉這樣一解說，尚夏爾才忽然想起必必年初決定不再報名法文班時，曾說還好警察局收了她一年期的預註冊證明，給了她一年的居留，不然她不曉得要用什麼名義延簽。尚夏爾不記得自己怎麼回答她的。這種文件的問題，對他來說只不過是繁瑣了些。必必去警察局排隊的時候都是他的上班時間，他聽過她事後抱怨數小時的等待時間和公務員訓斥人的嘴臉，但很難感同身受，因為他認為不管是法國人或者是外國人，眾所皆知，在法國，行政手續和公務員都是一樣麻煩難纏的。尚夏爾回想起必必嗤之以鼻的反應，當時他自動判定她是反應過度了，從巴西來的琳娜也同樣要辦居留手續，就沒聽過人家抱怨東抱怨西的。尚夏爾慶幸自己當時沒把最後這個想法說出口，要是說了出來，想必會火上加油。

「恭喜啦！那琳娜的家人要從巴西趕來嗎？還是你們另在她家鄉辦一場婚禮？」尚夏爾問。

賽吉聳聳肩，看似沒想那麼遠，喝了幾大口啤酒後，說：

「她父母如果買得到機票，可能會來吧。哎，月底你們得來參加喔，我剛剛傳簡訊給路卡，他還在西班牙出差，他說ＯＫ了。琳娜昨天已經通知她巴黎所有的姊妹淘了。我出門時她還在跨海熱線中，不能來參加的已經預約要看照片或影片了……啊對了，路卡答應拍照，能不能麻煩你攝影？」

「沒問題啊。」尚夏爾爽快地答應了。

賽吉感激地拍了拍他的肩膀，想了想，又擠眉弄眼道：

「啊你跟必必嘞？」

雖是多年好友，尚夏爾還是有點驚訝賽吉會這樣露骨地暗示他們是不是也該把婚事辦一辦了。他不置可否，只避重就輕地說：

「聽著，你三星期後要結婚，有得忙哩！先不用想到我們吧？」

賽吉與琳娜婚禮當天早上，下起了毛毛細雨。必必觀察著天氣變化，更換了原本選好的洋裝，然而花了一個早上的時間，東搭西搭都不甚滿意。尚夏爾的深藍色西裝就掛在衣櫃門上，上班時只偶爾因外出開會見客戶才會拿出來穿的，和另一套黑色的輪替著。這回為了賽吉的婚禮，他倒是提早幾天送洗。今早拿回來時，整套西裝燙得齊整，唯一得費神的是從三條領帶中選一條比較花俏的來搭配，但那也不過多花了他三秒鐘的時間。他挑了必必一兩年前送他的那條他從來沒拿出來繫過的全新亮藍色斜紋領帶後，便將注意力轉向路卡借他的小型攝影機的操作上了。

昨晚在賽吉告別單身派對上喝得爛醉的路卡，正在攝影機的觸控螢幕上跟著群魔亂舞。尚夏爾咧嘴笑著，一邊瀏覽影像，一邊想著是不是另剪一部「婚禮前」花絮送給賽吉。

必必在鏡前轉來轉去，始終拿不定主意，不時穿著一套洋裝走到客廳來，問尚夏爾覺得怎麼樣。開著電視玩攝影機的尚夏爾每套都說不錯，益智節目的搶答鈴聲轟隆隆地讓人分心，弄得必必很煩，覺得自己等於白問了，她嘟囔了一句：

「你到底是有沒有長眼睛啊？」

尚夏爾把攝影機對著煩亂地飛來飛去的必必，頗不識趣地開玩笑說：

「這個當片頭。」

「喂！你別那麼過分，刪掉啦。」必必皺著眉頭，走到尚夏爾面前擋著鏡頭，要他刪掉剛錄下的影像。

尚夏爾見她急著把攝影機搶過來，一時玩心大起，故意伸長了手臂，把攝影機挪到必必勾不著的地方，一邊繼續對著氣惱的必必拍攝。

「尚夏爾！」必必伸手打了尚夏爾舉著攝影機的手臂，厲聲道。

這回換尚夏爾不高興了，一個無傷大雅的玩笑有必要弄成這樣嗎？他不情不願地尋找刪除鍵，心想亞洲女孩真沒有幽默感：今天要是換作琳娜，恐怕是花枝招展地在鏡頭前擺 pose 和揮手微笑吧？尚夏爾再次管住了自己的舌頭，只喃喃了幾聲必必聽不清楚的抱怨。

「你說什麼？」必必在氣頭上，猛地一把按掉了吵得不得了的電視。

「沒有。」尚夏爾頭也不抬地說。

「你不覺得你很過分嗎？」必必咄咄逼人地質問。

尚夏爾抬起頭來，像是不願跟瘋人爭辯一樣，淡淡地說：

「妳今天太緊張了，又不是妳要結婚，放輕鬆吧！」

這句話像打了必必一個熱辣辣的巴掌。她瞅著尚夏爾，一時語塞，不知道自己為什麼會飄洋過海來跟眼前這個男人一起生活。

婚禮是下午兩點在小區裡的市政府舉行，一對接一對，以每十五分鐘為一個單位，工廠生產線一樣地由掛著共和國紅白藍三色彩帶的區長證婚。

輪到賽吉和琳娜的時候，前腳剛走出典禮廳的上一對新人和他們的賓客還在氣派的白大理石樓梯間拍團體照，喧鬧聲不絕，蓋過了從前臺麥克風傳來的、呼喚大家盡速就座的聲音。市府員工不得不把前面的廳門掩上，讓賽吉和琳娜的這一場能順利進行。

尚夏爾把攝影機暫時交給了必必，由她來拍攝證婚典禮，因為他和路卡是婚禮的見證人。

「用拇指按這個紅鈕就好，其他看妳要不要調整遠近。zoom 按上面。」尚夏爾簡短地交代道，不太敢直視必必的目光。全體婚禮賓客中，只有他一個人知道必必先前大發了一場脾氣。雖然她跟每個人都笑靨如花地打招呼，也喜氣洋洋地祝賀了準新人，從她眼底那抹膠著的冷淡，尚夏爾還看得出冷戰並未結束。

必必接過了攝影機，在鋪著紅毯、飾有壁畫的古色古香典禮廳選定了一角站定。路卡擠眉弄眼地對她豎起了兩根大拇指，稱讚她的專業態度。他舉起了相機，對著必必拍了一張。必必甜笑著做了個手勢，讓路卡又拍了一張。

尚夏爾看在眼裡，心裡很不是滋味，但沒有多說什麼。他悶不吭聲地拿出身分證讓市府書記官核對後，和路卡一道坐上了見證人席。新娘的伴娘與見證人席琳風風火火地在他們身邊坐下。

席琳是琳娜的密友，自從琳娜告別單身後，隨她一同加入賽吉的朋友圈。賽吉和琳娜原本有意撮合席琳和路卡，但路卡始終對她不來電，兩人在賽吉和琳娜的家庭宴會和各種出遊場合時遇到，都只有淡淡的互動。席琳原本就愛扮演「大家的好朋友」這類管家婆的角色，自從了解到和路卡沒戲唱以後，也索性放棄了女性吸引異性時特有的矜持，堂堂正正當起了賽吉兩個死黨的好友。她對必必講話時，竟也學起了路卡的俏皮和粗枝大葉、賽吉帶點顏色的男性幽默，像對哥兒們的女友說話那樣，玩笑中帶點戲弄，輕浮中總不失對哥兒們的死忠。尚夏爾的哥兒們這樣對必必說話，必必倒不介意，反而覺得新奇有趣，像隔著點距離欣賞一個純男性的友情世界對她伸出友善的手，她並不想走進去攪局。而那個席琳，則大剌剌地跟男孩們站到了一塊兒，同時又不忘展現和琳娜同一陣線的純女性私密友情，一人分飾兩角，處處插著她的旗幟，破壞了原先的生態平衡。只想和她保持距離的必必，隔著攝影機螢幕看著她揮動著肉感的裸臂，為新人進場大聲歡呼，心裡油然生出了一股厭惡。

攝影機繼續記錄著伴娘帶動氣氛的友情演出。平時不太表達情緒的尚夏爾也受到這樣歡鬧的氣氛感染，跟著瞎起鬨。必必淡漠地看著這同一國人表達喜悅的方式，只覺得自己是站在彼岸祝賀的賓客，穿戴整齊備好禮，等待良辰吉時才按程序出現的那種。副區長對著前臺的麥克風，開始用感性的聲音，歡迎大家來到本區市政府，並說明自己是第一次代替區長證婚，分外感動。當她開始進入證婚程序時，必必盡責地把鏡頭轉向新郎新娘身上。

栗色鬈髮上別著花圈的琳娜，驕傲美麗地站在賽吉身旁。缺少了白紗的掩蓋，特寫鏡頭裡的她，臉上吹拂著事業成功的得意春風，恰與眼眶微微濕潤、感動莫名的賽吉形成強烈對比。副區長念完了共和國相關法條及一長串婚姻義務後，不小心將新郎與新娘的姓氏倒錯了。她略帶窘態地道歉更正時，琳娜半瞇著眼笑了，笑中有種十拿九穩的神色，彷彿她才是整場秀的主席。必必感到有點不安，像是不小心窺探到了什麼不該看到的祕密，連忙把眼光從螢幕上掉開。隔著一段距離看這對新人講著「我願意」，才感覺一切都恢復了正常，喜洋洋的氛圍從未散去。

必必讓攝影機繼續拍攝新郎親吻新娘的畫面。儀式結束，兩人正式結為連理，賓客熱烈拍手祝賀，不時穿插著幾聲叫好的尖銳口哨聲。然後一行人馬向臺前移動，一一在證書上簽下了自己的名字。

看著琳娜先一步獲得了她自己得不到的地位，必必心裡應該是要感到不是滋味的。然而與其說她因嫉妒而對眼前的一切感到疏離，不如說是某種複雜的情緒，悄悄爬上了她發涼的背脊，爬進了她發酸的胃，讓她心裡覺得不踏實。必必像忽然踩空了一下，在墜落的瞬間，一個她從來沒仔細端詳的黑暗世界在她腳下開了個大洞。掉進去的時候，她第一句聽到的，是母親的話：

「做女人做到這麼失敗，讓人白睡的。」

這句話，原本說的是弟弟的前女友，弟弟每個周末都會帶來家裡過夜的那一任。媽媽雖不太贊成，但反正也不是自己的兒子吃虧，就只在他們分手後，輕描淡寫地在越洋電話中加了這麼一句評論。然而聽在必必耳裡，這句話除了聽起來像「死有餘辜」，更有指桑罵槐的意味。

在電話另一頭悶不吭聲的必必，當時心想：房子、地契七早八早就全過戶給弟弟的女人，有什麼資格拐彎抹角地教訓女兒？那房貸有部分還是她的薪水繳的。

大學念了好幾個始終還沒畢業的小弟，恬恬地坐享其成，碰到相關話題，從來只會悄悄和母親站在同一陣線。覺得有必要稍微說句話時，頂多是虛情假意地打打圓場，小狗般討喜地對她說：

「阿姊現在有了好對象了啊，媽媽根本不用瞎操心。姊夫個子高、鼻子高，人真英俊。阿姊趕快結婚、生個混血兒給媽媽帶，她就不會念了。」

坐在必必身旁完全聽不懂他們對話的尚夏爾，像個看板一樣杵在她和弟弟之間吃水果。必必當時忍下了想甩弟弟一個巴掌的衝動，笑吟吟地轉頭看向第二次來臺灣看她的尚夏爾，指了指切成片的火龍果和芭樂，說：

「Dragon fruit 和 guava，在法國都很少見吧，你比較喜歡吃哪個？」

「臺灣的水果都很好吃。」尚夏爾一臉單純地回答，不曉得一場家庭風暴差點在他眼前爆發。

必必回神看向螢幕，已經在證書上簽好名的尚夏爾，正轉頭往必必的方向張望。必必忽然看出他是她與這個世界的緩衝，說是得當成事業來永續經營也不為過的。琳娜不經意顯露出的勝利表情，哪是什麼不可告人的祕密呢？是世人大量用愛來包裝婚姻以後，自動視而不見的底色而已吧？母親不就常話中有刺地以各種方式提醒著她的失敗嗎？恍恍惚惚想著這一切的必必，看見尚夏爾的表情有如一隻溫馴的白兔，知道經過這一場轟轟然儀式的洗禮，他嘴裡不說，心裡已經為早上的事認錯了。他向必必走來，默默接過了攝影機，像個小男孩似地擠出了一個只有她看得見的短促傻笑。一瞬間必必以為自己看到了還沒被母親寵壞前的小弟，站在書桌旁，露出一顆小小的頭，不知所措地看著大姊對著被他打破的心愛瓷玩偶泫然欲泣的模樣。至少那時候，他的歉意是真誠的。必必幽幽地想。

「必必！最近都好嗎？剛剛一直沒看到妳！」不知該說像是保母還是鴇母的席琳向他們這邊撲來，一秒鐘內破壞了他們和解後難得的寧靜：「哎要拍團體照了，來來來，趕快一起來！」

席琳想搭她的肩時，必必往旁邊閃開了一步，讓她尷尬地撲了個空。尚夏爾眼睜睜看著必必不甚友好、甚至有些粗魯的行為，只當她是餘怒未消。為了不讓自己又再度捲入其中，他只偷偷地向席琳投以抱歉的眼神，像在說他也不知必必為何忽然鬧起小女孩脾氣，然後趁席琳還沒能眨眼回覆前，便牽起必必的手，帶著她一起加入其他賓客鬧哄哄的拍照行列。尚夏爾的一舉一動，必必其實全看在眼裡，然而她在心裡自我勸解道：人在法國，不也就該適時按法國的規矩來嗎？肯幫她收拾爛攤的尚夏爾，也算是有擔當的吧？

賽吉和琳娜的婚宴鬧到了半夜兩點才結束。一回家就趕快洗好澡的尚夏爾，在電視機前耐心地等待必必從浴室泡澡出來，心思全不在重播的談話節目上。圓桌主持人和來賓搶話講的聲音彼此覆蓋抵銷，尚夏爾陷坐在沙發上，豎耳傾聽必必嘩啦啦地在浴缸裡注滿水的聲音，重回了記憶中熱氣蒸騰的溫泉浴池。色情的想像無限放大了必必踏進單人浴缸時濺起的水聲，尚夏爾彷彿也跟著她坐進浴缸，一手搭在浴缸的邊緣，一手幫她撥開了堆在胸前的雪白泡沫……

忽然間必必的聲音像從一個極遠的國度傳來。她哇哇大嚷著水一下子變冷了，要尚夏爾去看看熱水器是不是壞了。

最後只洗了個溫水澡出來的必必，發現尚夏爾已經先上床睡了，背對著她，發出輕微的鼾聲。為別人婚禮折騰了一日的疲憊也讓她眼皮沉重起來。必必躺上了她的位子，熄了床頭燈。她在黑暗中朦朦朧朧地提醒自己，一定要在路卡把婚禮照片和影片上傳前先看過一遍，然而她還來不及從頭細想一整天的所見所聞，便墜入了夢鄉。此時尚夏爾翻了個身，和必必以同樣姿勢仰臥。兩人像各就各位的家具，呼吸的頻率在夜裡達成一致。

還童

日本料理店老闆娘趿著拖鞋，啪嗒啪嗒過來她們這一桌招呼。她一邊倒著茶水，一邊說：

「頭家娘，真久沒看到汝啊。有幾若年囉。」

郭清澐的奶奶綻出一朵兒童般的笑容，應道：

「是啊，阮頭家就先轉去啦。無法度。」

郭清澐聽著奶奶的回答，心想在場大概只有她一個人完全聽懂奶奶的意思。老闆娘微偏著頭，看起來的確不太肯定自己是否抓住了上下文的關聯；坐在郭清澐斜對面的印尼看護素拉絲蒂，臺語程度恐怕也不足以完全理解這段對話。

「按呢喔……」老闆娘搭訕著應了一聲。

郭清澐靜靜看著眼前的兩個茶杯注滿了茶水後，茶壺便落在桌上。她一聲不響拿起茶壺，幫素拉絲蒂也斟了茶。

老闆娘迅速看了郭清澐一眼，沒顯露出任何表情，又轉向老主顧，措詞謹慎地道：

「我記得頭家尚愛呷 nigiri。汝以前攏買回去給伊呷。」

「……干按呢？我袂記得啦，伊轉去幾若冬囉。」

奶奶搖了搖頭，她已經不記得爺爺生前最後幾年，她每星期都要來這家日本料理店外帶兩三次鮭魚握壽司。然而爺爺幾年前過世一事，她倒從來沒跟其他不斷被她遺忘的事混為一談。

這回精明的老闆娘聽懂了意思，也發覺了老主顧比幾年前更嚴重的失智症。奶奶對這一切都恍若未覺，笑咪咪地跳接：

「這阮查某孫阿澐……老二？老二伊查某囝。」

郭清澐在奶奶猶豫的那兩秒間屏住了呼吸，當奶奶在記憶中找到了正確路徑，才點點頭，對老闆娘應酬地笑笑。老闆娘放下了菜單，要她們慢慢看。

等待定食上桌的時候，郭清澐聽著奶奶說話。近一兩年來，奶奶能聊的內容已日漸萎縮，只剩下屈指可數的幾條記憶鍊隨機搭配，不斷重複播放，有時會亂序。比如說此刻她正揉著自己紅腫的眼袋，重複說她最不滿意的就是這個地方，本來要去手術的，後來爺爺說買副太陽眼鏡戴就好了……郭清澐看著奶奶牛奶似的皮膚：八十多歲的人了，皮膚紋路還非常細緻。這個奶奶顯然很介意的眼袋決議，已無法判斷發生在哪年哪月、她幾歲的時候，但那副頗為時髦的、鏡框大大的紅色太陽眼鏡，郭清澐是有印象的。奶奶從前和爺爺一起出門前，仔細 setto 完畢，戒指項鍊各就各位，拿起米白色的皮包，眼鏡一戴，還頗有華麗貴婦的氣象。而今灰白的頭髮只隨便梳攏在耳側，不知何時已經不上美容院燙染了，加上隨便搭配的不成套的衣服，讓她看起來就像剛起床的老太太，睡衣與外出服的界線日漸模糊。

阮頭家就先轉去啦。無法度。

奶奶的話讓郭清澐心頭一凜。一家之主的爺爺過世了以後，奶奶在兒女心中完全失去了人的地位。她腦裡發生的病變成為了最好的藉口，讓她像個老嬰兒般被對待，由看護二十四小時守著，以防她造成不可補救的事故。商定輪流來探視她的兒女們，對她不斷重播的話時常感到厭煩，總要當面大聲提醒她她病得不輕，瘋言瘋語。近幾次郭清澐回國探視奶奶的時候，血親已直接把她當成心智喪失的病人，在郭清澐面前無所謂地秀出她嶄新的重度身心障礙手冊。郭清澐不知道身為一個母親，奶奶曾做過什麼對不起兒女的事，但對於失去丈夫就等於失去社會地位，失去記憶就等於失去尊嚴這一點，郭清澐總感到憤恨不平。

「啊妳外國人那套想法行不通啦。況且事情又不是妳在處理。」四嬸某次曾淡淡地說。言下之意是一年才回來一次的人，沒有置喙的餘地。

郭清澐記得自己頓時語塞，愣愣看著話不多的素拉絲蒂幫奶奶布菜。當天在場的一家人，說不上幾句話便意見不和，當著看護的面便相互指責起來，彷彿家醜就算她都聽懂了也沒差。最後吵到一段落，乾脆對著不知演的是鄉土劇、偶像劇還是宮廷劇的電視機開飯。飯菜的口味很淡，像是醫院餐，雞翅上淋的醬油沒有入味。郭清澐夾菠菜到碗裡，澆上蘿蔔排骨湯拌飯。和她同齡的素拉絲蒂，據說在家鄉已有一個九歲的兒子，來臺灣工作很多年了，臺語是來以後才跟她看護的老人多少學一點的。她很想問素拉絲蒂在臺灣做不做印尼料理，是什麼樣的料理，會不會想念家鄉的口味，臺灣買得到這些食材嗎……這些是她在法國當過留學生自然而然會想到的話題，但眼見四嬸讓素拉絲蒂言必稱太太的模樣，郭清澐暗自感到沒有臉問她這些問題。

從小奶奶誇是最聰明、最機伶的小澐，是整個家庭裡最白目的外人。

奶奶的竹定食先送來了。郭清澐幫著素拉絲蒂把定食附的味噌湯和茶碗蒸的蓋子掀開來，擺到一旁。仿漆器飯盒大小不同的方格子裡，分別裝著梅干、天婦羅炸物、生魚片、白蘿蔔絲及和風沙拉等色彩繽紛的食物。雖是小巷裡的臺式日本料理，仍讓郭清澐回憶起爺爺生前最愛的家庭聚餐的模樣。記憶中，爺爺已經行動不便很久了，然而每當家庭聚餐的時候，拄著枴杖的爺爺仍帶著大家長式的風範，在兒孫簇擁下就座。郭清澐沒想到「樹倒猢猻散」這句俗語，竟也適用於他們郭氏一族……郭清澐望著奶奶在多種冷熱食物間並未迷失，完全不需要素拉絲蒂幫她布菜，就找到了自己食用的順序，忽然間覺得自己貼近了她的少女時代。

「この定食はどうですか。」郭清澐禁不住問。

「とてもおいしいです。」[1]

奶奶露出幸福的笑容，用另一個時代學習過的語言回答。

---

1 「這定食怎麼樣？」「很好吃！」

啊妳外國人那套想法行不通啦。

四嬸兩、三年前隨口說的話，至今仍在郭清澐心底熱辣辣地起著水泡。

郭清澐六、七年前拿到文學博士學位後，原本打算回臺灣找教職，卻正值法國一股中國熱，隨便投的履歷竟有了回音，於是就先接下了那間私立商業學校待遇不錯的中文教職，準備一邊教語言，一邊找與文學相關的職位。她出國留學的時候，怎也沒想到臺灣的大學會日益縮編，國內博士生的處境越來越艱難。一直淹留在國外，與國內學術界沒有往來的留學生，更得一切從零開始。在「回國先像博士生一樣到處兼課」，與「國外穩定但無發展空間的生活」之間，郭清澐的無所作為自動為她做出了選擇。她於是一年過一年，按照法國人的四季與規則，像牛套上了軛，除了犁田外，無可發揮。久而久之，在工作上便斷了所有犁田之外的念頭。

對郭氏一族來說，拿了文憑找到穩定的工作，天經地義，況且郭清澐出國念文學一事，本來就是一個不切實際、近似意外的事件，好在她有兼中文家教補貼生活費的能力。所以教職中有沒有文學的成分，一點兒也不重要；對郭家人來說，比較重要的會是，她一個女博士沒有論及婚嫁的對象，也沒有定期寄錢回家，以往多年的投資等於白費。錢砸到水裡還會噗通一聲，砸到了不知道是什麼的文學裡，只會造成一個思維模式完全在狀況外的剩女，像堆在倉庫發霉的滯銷商品，徒占空間。

想到這兒，郭清澐不免在心裡譏諷地一笑。她這樣地狀況外，不正好讓數年來為分家一事忙得不可開交的各房親戚，頓時少掉了一個需要操心的對象嗎？郭清澐記得在巴黎接到爺爺死訊那天，所有兒時記憶撲面而來：爺爺梳著油頭、穿著西裝的模樣；爺爺吩咐煮紅豆湯要以一斤紅豆一斤糖為準則；爺爺贊助一票堂兄弟姊妹到日本觀光，舉辦大家寫旅遊日記比賽……一下子全湧上心頭。她上網訂機票，想回家送爺爺最後一程，沒想到接連聽到數親友勸解：「妳在國外，工作忙，沒有必要特別回來一趟。」當時郭清澐以為大家是為機票錢痛惜。一張機票，將會引發其他數張在國外的堂兄弟姊妹的機票；她這麼不合群，導致大家都得舟車勞頓來做做樣子，有的還得重辦美簽……也跟著到禮儀公司設好的靈堂念經數日的郭清澐，經念一念，世事忽然澄明。臺灣家族的潛臺詞哪就這麼一層！郭清澐為自己後知後覺，可能為親戚帶來不便一事，感到十分抱歉。幸好在讀書領域優秀的長孫女，離家過久，腦筋迴路簡單；未承歡膝下，且又是個孫女，沒有任何影響——這樣想來，文學和性別一樣，對財產分配來說，都有積極且正面的意義了。

郭清澐看到爸爸推開日本料理店的玻璃門，大包小包地走了進來。某市長候選人某次競選期間贈送的棒球帽下，露出灰白的頭髮。

「已經先幫你點好天丼了，等會就送來。」郭清澐說。

「這附近車有夠難停，後來我停比較遠，停到計程車休息站那邊去。」郭再榮坐下喝了口茶，帽和包掛了全身，看來也沒有把運動外套脫下掛到椅背的打算。

郭清澐在這個節骨眼，發覺自己真的已成了半個外國人。她在室內吃飯的時候，大衣幾乎是不可能穿在身上的。郭清澐想起自己頭幾次到法國人家裡做客時，曾感到有些不自在，因為一進門，男女主人便會殷勤探問：

「Je vous débarrasse？」[2]

---

2 字面義為「我幫您／你們擺脫掉……？」，實際意思近似「大衣和包包（等物品）交給我去放吧！」

冬季大衣和隨身皮包，一律交給男女主人集中放往內室。不管物品的主人是否認識，皮包和大衣都並排或堆疊在一起。可能因為巴黎的公寓小，少有專門的衣物間，客人的衣物不是放在客房，就是主臥室的床上，而內室自由進出。年輕一代或一般階層人士也不太拘小節，朋友間的晚會，不會有人預設貴重物品會遭竊。

一個人一天的時間裡，有多少貴重物品必得帶在身上的？

郭清澐夾了一隻炸蝦，沾了蘿蔔泥和熱醬汁，一邊吃，一邊淡淡地想。這是一個身無長物的外國人，能有的最瀟灑也最白目的想法吧？郭清澐眼前出現了商業學校的主管們和學生們的模樣，她安身立命的所在。大家想的是和中國建立起「友誼的橋梁」，然而生意總是用英文談的，中文只是幾縷入境隨俗的點綴，有機會時可發揮一些作用——啊不，聽說中國內陸的中小企業多數還是得用中文溝通的，學習中文百利無一害。中國之大，她這一顆小小的螺絲釘，雖然出身成分不是最理想的，但幾年下來工作目標順利達成，學生也無抱怨，留著她系統運轉順利，法國人是不會計較出生地的，除非是學校預算縮減，才會想方設法動到螺絲釘頭上。系統與功能，對於一個外國人來說，是寄託人生的最好途徑。有了這個架構，私生活要怎麼多采多姿都是你個人的事——一切聽起來很理想啊。

郭清澐幾天前和留學時代的好友舒曇景見面，聽她回臺教書後公事領域無限擴張，公私夾纏，弄得完全沒有私生活可言時，曾援用己身案例自嘲地說。舒曇景聽懂了郭清澐的意思，默不作聲了好一會兒，最後說她很想念從前在法國，曾有一票同學天氣好時就吆喝著一起去公園野餐，那是她人生中最輕鬆愜意的時光。當時她整個人的靈魂都是完整的，和人相處自然不設防，每個人看見的都是善意的彼此。後來大家陸陸續續回臺了，她自己留著念博士班，人生中最菁華的時光變成了和自己對話。那是另一種充盈的人生，然而當時她並沒料到，這兩段時光都不是人生的常態。

「啊妳這次回來多久？」郭再榮一邊把自己天丼裡的炸蝦夾到女兒的定食裡，一邊問。

「你自己留著吃啦，我已經吃過了。」郭清澐把炸蝦夾回天丼，說。郭再榮數十年如一日的舉動，微微惹惱她的同時，也讓她意識到父親的問句有多麼生分。

郭再榮在女兒拿到學位前，搬離了家，沒多久就和車行辦活動時認識的女人同居。從此郭清澐回臺的時候，都必須以手機通知，在外頭吃一餐飯，然後就是回法國那天，他開著計程車來載她去機場。

炸蝦又回到了郭清澐的定食裡。郭再榮說他晚到，吃飯吃得又慢，叫她幫忙吃。郭清澐深知父親吃飯吃得慢的原因，乃是不肯花錢做新假牙，怎麼勸他都說不需要，固執得像頭牛。她也知道他早不缺錢了，卻還保留某段艱苦日子的習慣，聽了心裡有氣，一下子又把「父愛炸蝦」夾到奶奶的定食裡，請奶奶幫忙吃。

這樣固執不知變通的父親，壯年時從白領生活退出，退到司機階級，仍縮衣節食地讓女兒念書，也不過問她到底念了什麼，做什麼用，想是也有某種父女互通的白目因子。這本來讓郭清澐心懷虧欠與感激的，然而她才離家沒幾年，父親中了一筆小樂透，便瞞著全家開始規畫他的新人生了。那年家裡尚不知真正原因，吵得最激烈的時候，郭清澐曾打電話回家勸架，勸到最後她問了父親一句：「你知道今天是什麼日子嗎？」

已經在追求外遇對象的郭再榮，完全不記得當天是女兒的生日。聽到了謎底，也只喔喔了兩聲，隨口說了兩句「生日每年都有」之類的開脫之詞。郭清澐掛了電話，對著小套房面向中庭的落地窗發呆。對面鄰居的窗沿上，有隻黑貓趴著曬太陽，要是睡著了，一翻身就會從四樓跌落中庭。她不知看了那隻黑貓多久，才注意到已經晚上六點了。六點，從前迪士尼卡通開始前，爸爸會從公司打電話提醒她要記得看。小郭清澐掛了電話，一五一十地把電話內容轉述給媽媽聽，總會換來一句笑罵：「三八！」他們三人明明都知道五點五十五分的那通電話永遠是同樣的內容，三人還是重複演出同樣的劇本，樂此不疲。

那時還有著悠長的午後，慢慢隨著遊戲時間爬過一家三口的生活。小郭清澐的爸媽，當時都還不到郭清澐現在的年紀，帶著他們的小女兒，到新公園的兒童遊樂場，讓她爬上漆紅的空心地球儀轉；到中山堂看福利電影；到中正紀念堂買飼料餵錦鯉；到中華商場喝豆漿吃燒餅……小郭清澐看著老兵伙計端來熱豆漿，灰黑的長指甲陷進了米黃色汁液，手臂上刺著她還看不懂的字——當時她還不知道這些童年經驗裡混搭了多少時代的風潮與暗影。

奶奶吃完了炸蝦，喝起了味噌湯。不知為何像心有靈犀那般，接續了孫女腦海裡正靜靜播放的同時代記憶，瞇著眼說：

「小澐細漢的時陣，來臺北郵局找我，還無櫃檯遐呢高……」

奶奶的話，把郭清澐帶回了那個高聳的碧綠色櫃檯。看起來十分森嚴的郵政窗口，其實有一個讓員工進出的缺口。掀起櫃檯的一角後，下面便是活動門。小郭清澐去探奶奶的班時，曾在那機關似的活動門鑽進鑽出，小老鼠一樣逗得眾大人歡笑不已。

郭清澐忽然意識到，婚前婚後一直是職業婦女的奶奶，在她那個年代，想必是很摩登的吧？從前從茶餘飯後的閑談中，她聽過爺爺奶奶曾是同事，爺爺不願娶家裡的童養媳，和奶奶自由戀愛結婚。而他們婚後的第一份薪水，全花在一架巨大的唱機兼收音機上。當時在臺北城內，這似乎還是頗稀奇的玩意兒。

郭清澐小時候，那架骨董唱機業已被安在神龕底下，只剩下收音機的功能，伴隨著曾祖母的午睡。半個琴鍵大小的象牙白按鈕，總讓孩子們一玩再玩，直到整架收音機不再發出聲音那天。郭清澐彷彿聽到每個時代的跫音，隨著公寓裡喑啞的物品漸次遠離。唱機之後，是曾祖母古早時代的梳妝臺；然後是三姑待字閨中時的單人床、客廳的蘋果綠條紋壁紙、櫥櫃裡收藏的洋酒和日本酒；某日郭清澐小時候玩的一對發條唐老鴨不見了一隻，後來另一隻也被束之高閣，再也沒人上發條看它扭著屁股前進……最後最後，爺爺出殯後，五叔派堂弟清出他的保溫水杯、長方形藥盒，作主丟到了陽臺待拋，不知道有沒有人撿回來。

伊欲按怎隨在伊。伊歡喜就好。

爺爺過世後一年，奶奶剛罵走了第一個看護時，剪了俏麗的短髮，燙了小鬈，曾站在被斜斜截去一角的後陽臺上，對郭清澐說。像是好不容易重獲自由的奶奶，雖然記憶有點混亂，但對多年老鄰居趁丈夫住院，大刀闊斧截去郭家用來洗衣晾衣五十年的後陽臺一角，以便暢通防火巷一事，仍是清清楚楚地發表了她的看法。

對於完全不念舊情的厝邊，奶奶一連說了三次同樣的句子，彷佛複述著一句能讓內心平靜的咒語。郭清澐望向尚做著最後戰鬥、想脫離被看護的命運的奶奶，恍然覺得她這句話的受話者，旁及所有「勇爭時代之先」的親友，更奇異地適用於人生中每一場內心的訣別與退守。奶奶從未親眼見過郭清澐在國外生活和工作的環境，然而相似的困獸之感，她卻已經以不同形式活過了一輩子。

那一天從中午十二點到晚上十點，奶奶分外有朝氣地拉著孫女的手聊天，講述她近來一整天的行程：睡到幾點起床就幾點，想吃哪家便當就吃哪家，下午去公園聽人家唱歌，但絕對不跟人攀談，因為家裡只有她一個人住，怕危險，也怕人議論……郭清澐也不知為何，平時一起在外面吃過午飯，回奶奶家小坐一會兒，就會到他處赴約「看朋友」的她，竟和奶奶一路聊到了晚飯後。祖孫兩人在住家附近的騎樓來來回回散步，一趟又一趟，走過高低不齊的地面，最後郭清澐竟提議帶奶奶去麥當勞吃蛋捲霜淇淋——這好像是她和少女時代的朋友會做的事。奶奶高興得不得了，一直說老伴先回老家去後，她最欠的就是聊天的伴。

「我也邀妳五叔來了，他說他兩分鐘後就到。」郭再榮放下手機，向郭清澐宣布道，讓她從記憶中回到現場，皺起了眉頭。

「妳五叔，還算可以往來的親戚。妳大姑、三姑、四叔喔，心狠手辣啦。」郭再榮絮絮叨叨地又念道：

「妳老爸我嘞，反正不會活太長，很隨意啦。以後我百年後，妳要知道誰還可以往來，誰不能往來……」

郭清澐開著半邊耳朵，有一搭沒一搭地聽著父親預先交代著遺言，感覺自己身在一種黑色喜劇的情境中，哭笑不得。爺爺過世那時，郭清澐也曾聽父親趁機吩咐，他本人以後要土葬在郭氏公墓，千萬不要搞錯。去年這個版本忽然變成是郭清澐聽錯，「好險還來得及糾正」。郭再榮耳提面命：自己百年後燒一燒就好，家族墓地正確，這部分沒記錯——意即不是那個四叔四嬸堅持新買來葬爺爺的風水寶地，去一趟開車要兩小時的某某山。郭清澐聽著父親反覆強調自己的後事，不知道自己是否該告訴他：那個老家族公墓她從未去過，也不知地址，請問是要怎麼葬那邊？

當時郭清澐拐了個彎，漫應道：「如果這麼重要的話，白紙黑字寫下來才不會出錯。」

郭再榮不耐煩地揮了揮手：「啊，時候到了問妳五叔就對了。」

時候到了問妳五叔就對了。

郭清澐一邊往土瓶蒸裡擠檸檬汁，一邊回想起這句話。在外頭另組了家庭的父親，逢年過節是和同居人的兒女一起過的。郭清澐不想聽，都還偶爾會聽到幾句走光的「某兒某女如何孝順，小貝比多可愛」。郭再榮雖無拿來跟自己女兒相比之意——郭清澐這個女兒反正是到異次元過她的人生了，難以常情常理度之——但郭清澐自父親離家，每逢佳節，腦海中仍會閃現另一個她身為外人、無法涉入的世界。對她來說，郭氏公墓其實是大同小異的概念——兩者都沒有她的位子，而怎麼去，還得問五叔。

想到這點郭清澐感覺一把怒火漸漸揚起來了。她捨棄了土瓶蒸的小杯，一口氣把湯汁倒到空碗裡大口喝乾。作為一個女兒，對父親交辦的後事理應認真看待，無可推拖；然而作為一個曾與父親度過童年美好時光的女兒，想像的則是自己亂安在異鄉千人公墓的骨灰——月圓的夜晚，變為孤魂野鬼出來透透氣，和墓園鄰居講的仍是法語：在國外做外人做到底，總比在自己家裡被當成外人來得好——至少前者是自己選的。

郭清澐的五叔吊兒啷噹地走進日本料理店來了。自從爺爺的喪禮後便不曾見面的五叔，數年間老了許多，兩鬢斑白，人也發福了，只有蓋仙般的飄撇態度沒變。他開口招呼道：

「歹勢，剛剛去按摩，啊你們都快吃完了。」

五叔和老闆娘閑扯淡了一陣後，菜單也不看，就直接點了鮭魚握壽司，頗有克紹箕裘之風。爺爺在世時最疼的就是么子，孝親舉動如天花亂墜，數十年戲路不改，誇張度不時翻新，兩老不能說是被蒙在鼓裡。五叔始終走的就是澎湃路線，喬事情一把罩。真情假意不重要，澎湃總獲父母偏愛，飄撇最得女人心。

「五叔好久不見。」郭清澐打了聲招呼。

「啊呀小澐，我剛剛雄雄認不出來是妳。妳黑框眼鏡一戴，哎喲，看起來有像學者哩。」

五叔的演出一如以往，嘲諷不失親切，看似還帶有幾分奉承。郭清澐哪裡不知道五叔心目中理想的女性形象：學歷高但骨子裡得有小女人的柔情，這是言情小說也寫不來的境界。換言之，姪女這種嚴肅女教師路線，與其說是令人心生敬畏感，不如說是走偏了會讓男人冷感。

郭清澐微微一笑，表示回答。五叔轉向母親，說：

「媽媽，我講ㄟ對毋對？這嘛小澐看來親像女教授。」

奶奶聽到了並未做出任何反應，令郭清澐有點詫異。對曾經最寵愛的么子，她的態度如此冷淡，郭清澐不禁要揣想這幾年來，五叔是否因分家了，戲攤也一併收了。爸爸口中又貪又蠢又假仙的大姑，在奶奶口中則轉變為最貼心的女兒，強過三姑和兒子們數十倍，想是孝子孝女換人做做看了。眼前三姑四叔看似一隊，老二老五仍互稱兄弟，其中的波譎雲詭，非郭清澐一個異鄉人能參透。她參了兩秒鐘後，便自動放棄了——明年她再回來的時候，情勢很可能又不同了。

五叔講完了他方才按摩的體驗，並強調了高檔次的服務價格後，又對郭清澐說：「小澐，妳爸爸跟我都老了。日子過得好最重要，所以錢啊，一定要有。」

郭清澐心裡忖度著，五叔的機會教育，究竟是一種苦口婆心的勸導，或僅僅是一種為了展現派頭的開場白。對於五叔的話中話，郭清澐倒不會聯想到是在譏諷她書念那麼多，投資與報酬不成比例，又沒回饋家裡，那是三姑或四叔四嬸才會說的話。五叔對學歷的看重，其實跟大姑一樣。意見不合、作風迥異的長女和么子，很奇怪地竟連成一線，繼承了舊時代的某種價值觀；在他們中間的二子郭再榮，對女兒無條件的金錢贊助，則和么弟同聲相應，一個狷、一個狂，算計人生的態度不同，對兒女的付出倒不假。

「錢不是夠用就好嗎？我個人覺得書讀得多一些比較要緊。」郭清澐知道自己說的是假話，乃配合五叔安排的學者戲路，故作清高地演出。

現在還有誰不知道錢很重要呢？然而也沒有必要誇大它的重要性吧。

郭清澐心想，對他們這一家來說，錢的象徵性是大過它的重要性的。父親中年時來運轉，中了一筆樂透後，忽然看見了人生的新契機，馬上想到要洗牌重來——過去所有勤懇老實的自我認知抵不過錢帶來的新可能。然而有了錢、換了個家庭，儉省的生活方式還是沒變；而五叔海海人生的排場，總得要有出手闊綽的大手筆來撐，物質享受本身，和受人歡迎愛戴一比，反倒是其次了。

「學歷也很重要啦，你爸和我以前在公司，就是因為學歷不高，怎麼認真打拚都升不上去，回到家裡還要被妳大姑笑！她念過私立大學夜間部，上囂俳。」五叔一面大口嚼著生鮭魚壽司，一面吐露心聲，同時對素拉絲蒂使了一個眼色，像是對她說「妳知道我大姊有多機車的」。

郭清澐感到十分驚訝。上司如何奸巧、逢迎拍馬的故事她聽過很多；五叔如何混水摸魚，不像自己拂袖而去的父親那樣頂真，種種機巧事蹟她也略有耳聞，但承認自己學歷不高，被長姊看不起一事，倒是第一回以這麼不假修飾的方式聽到。她一向知道郭家各房兒女間的教育比賽，有互相較勁爭強的意味。只不過一路是優等生的郭清澐，由於第一名來得太過輕易，不曾有加入賽局的感覺，因而目盲得沒看見最初的矛盾。

郭再榮沒有作聲，看似完全同意弟弟的話，暗自回憶起年輕時的創傷；素拉絲蒂始終淺淺笑著聽郭家種種內幕，彷彿已習慣成自然，成為了最專業公正、不可或缺的聽眾。那一瞬間郭清澐產生了他們才是一家人的錯覺。

然而五叔語畢，海派油滑的態度馬上又回來了。一陣東拉西扯後，他開始舉五嬸同學當某某大學正教授的薪水為例，高唱讀書好，待遇優，更不忘順便強調太太學歷高，他人脈也廣，總而言之人的一生……

郭清澐有預感下一個問題就是要問到她在法國的薪水了。沒想到此時沉默已久的奶奶，忽然搶先冒出了一句：

「啊小澐汝是啥麼時陣欲結婚？」

郭清澐坐在父親的計程車後座，看著她出國後如雨後春筍般，冒出一棟接一棟百貨公司的信義商圈，不禁想起母親曾告訴她，以前這地方都是沒人要的爛田。換言之，外公他們那一輩的農人，不會有人想到要買下這裡的地。

這裡現今的繁榮，是更高的意志造就而成的。郭清澐的學生們來臺北短期交換時，曾在百貨公司間連綿不絕的空橋上扮鬼臉自拍，寄給她到此一遊的歡樂照片。她可以想見這些未來將進入各大國際企業的年輕人，在這美麗新世界如何如魚得水。這裡是臺北的櫥窗，他們對臺北最深刻的記憶。未來當他們晉升高薪階級後，出差或度假途經臺北，計程車會直接將他們送抵該寶地，這個讓他們身心和諧的區塊。高溫潮濕的盆地，將迅速被隔絕在整潔乾淨的冷氣房之外。能打發時間的商店、電影院、餐廳、小吃街、咖啡店，應有盡有，隨便走兩步就能滿足需求，甚至不用費力去找。這裡是傳授給他們同一套全球化世界觀的前輩已在亞洲實現的願景，讓這座醜小鴨一樣的亞洲小城，也能擁有開向世界的門面。

「欸，到了喔，妳要在哪棟前面下？」郭再榮看了看照後鏡中的女兒，問。

「書店側門好了。我跟人約的時間還沒到，先去逛逛。」郭清澐回答。

「……妳星期五晚上幾點的飛機？」郭再榮停下車，開了車門鎖，趁女兒下車前又問。

「每次都一樣啊，晚上十一點多。」郭清澐半腳踏出了車門，轉頭道。

「啊妳要我幾點去載妳？」

已重複多年的問句，還是在同樣的時間點出現。郭清澐在心裡暗暗嘆息。

大樓地下停車場的警衛已往前走了兩步，以行動表示他對暫停區內的小黃的關切。這輛計程車再不走，他口中的哨子就要開始嗶嗶響了。郭再榮連忙揮揮手，說：

「再打手機跟我聯絡喔！掰掰！掰掰！」

郭清澐目送父親的車子緩緩駛離，然後站在形狀類似的嶄新大樓間，扣好灰藍色長大衣中間的鈕扣。對臺北的冬天來說，這種歐式毛料大衣阻擋不了濕氣隨寒風滲入，太陽出來時又顯得厚重悶熱，然而一年才回來一次的她，始終沒入境隨俗地買一件防風、防雨又透氣的連帽羽絨外套，因為那不是巴黎街上會出現的常態。

這讓郭清澐想起了自己小時候鑽入郵局櫃臺後的那一刻：幾秒鐘前還歡笑著的大人們，忽然一個個正色辦起公來。小郭清澐屏息貼著比她還高的活動門板，左右張看，看見大人們的上司正來回梭巡。奶奶吩咐過機伶的孫女，課長來的時候要躲好。

小郭清澐靜靜與櫃檯融為一體，正如此刻，三十五歲的郭清澐不著痕跡地融入了開向世界的繁華街景中，踏著與內心節拍一致的步伐，無聲地哼著：

「人講這人生海海海海路好行，毋通越頭望，望著會茫……」

花瓶變奏

巴黎短片之一

阿涅絲站在拉丁區小巷裡的電影院外，隨意翻閱著剛在書報攤買的雜誌，等著入場。雜誌是莒哈絲一百二十歲冥誕特刊，紙本僅限量發行。阿涅絲原以為得多走幾家書報亭才找得到：巴黎街上僅存的墨綠色書報亭，打開像三折宗教畫的店面，有四分之三賣的是觀光紀念品，鐵塔鑰匙圈和蒙娜麗莎冰箱磁鐵分大中小和紅橙黃綠藍整齊排列，應有盡有；書報則從外面的兩折漸漸往內撤退——阿涅絲還是中學生的時候，便已全面退到了店主身處的亭心內側，從書報亭腹背花花綠綠的廣告螢幕，已經看不出葫蘆深處賣的是什麼膏藥——沒想到電影院街角的那個書報亭老闆，一個極普通的中年大叔，才聽完她的問題，便轉身在狹窄的空間中，從背後牆上重疊了好幾層的書報堆中，抽出正確的那本給她。

阿涅絲知道莒哈絲，網路上隨處可搜尋得到她作品的讀書報告，故事梗概或精讀評論都有。從前中學法文課寫作業時她瀏覽過一輪，剪剪貼貼，再重新改寫順過一遍，加上個人觀點，就可算是原創的讀後感了。但莒哈絲作品裡究竟寫了什麼，她到今天都只看過摘句而已，要不是即將出版她第一本書的編輯來信中，提到她寫的那個故事讓她想到了莒哈絲，阿涅絲恐怕不會興起買這本特刊來讀的念頭。

莒哈絲究竟哪裡像她了？阿涅絲邊翻邊暗暗地想。句子才在腦中成形她便發現詞序怪怪的。她在心中扮了個鬼臉，旋即又想：管它呢，從接到出版社編輯來信的那一天起，阿涅絲便感覺自己踏上了準作家的紅毯。她註冊的大學漢學系的課，沒有一堂散發出能滋養她的光彩，所以她乾脆也不去上了，打算自主學習，擁抱各種藝術媒介，學期末去學校考試就好——從小被她從臺灣來的媽媽逼上無聊的中文課，在此時總算派上了用場。

阿涅絲跳躍著翻看雜誌裡的圖文：印度支那的童年、瘋狂的母親、缺席的父親、禁忌的愛、死亡的誘惑……，不知不覺聳了聳肩，彷彿這些主題對她來說都不是什麼新鮮事。她只要把她的藝術家爸爸和遠東來的媽媽的某段人生信手拈來，加油添醋一下，便會是篇色香味俱全、更符合當代口味的小說……阿涅絲無所謂地想著，眉宇間透露出的東西交會，帶有一絲不耐煩且不在乎的神色，但這是一般人不會注意到的神祕符碼，因為無袖的粉色夏日洋裝襯出她青春正好的體態，別在耳後的深色鬈髮垂墜在肩際，則有種超齡的嫵媚，隨著她的閱讀輕輕拂過肩背小皮包的細帶，以及她臂膀上的一顆痣。阿涅絲遺傳了爸爸的藍眼睛，洋娃娃一樣地嵌在線條柔和的白皙臉龐，雙頰帶有玫瑰色的紅暈。整個人散發出的氣息，像鮮美多汁的水果，沒有人會去注意堅硬的果核內，滋養著什麼種子。

舒曇景站在戲院的圓拱形入口外排隊的時候，沉浸在追憶自己年輕時的巴黎的懷舊氛圍裡。她摩娑著手裡小方形卡紙電影票的缺口，和她三十年前在巴黎求學時一模一樣。老派的玻璃櫥窗仍貼著現正上映的電影海報，電影片名在票窗上，以黑色的拼字在白壓克力板上標示出來，一點都沒變。這是家三廳電影院，其中兩廳放映的是二十世紀的老電影，一廳則放映最近在一輪電影院下檔的作者電影。舒曇景從圖書館查完資料出來，臨時起意走到這間拉丁區的老戲院，看了看時刻表，便買了下個場次的票。那部九〇年代的西班牙校園驚悚片《博論》（*Tesis*），她以前曾在法國電影資料館的節目表上看過，但不知為何錯過了。這次拿科技部的研究補助來巴黎蒐集資料，竟又讓她遇上了《博論》，不能不說是一種奇妙的巧合。

舒曇景想起在巴黎寫博論的那段歲月，臉上出現了一抹神祕的微笑：極度相似的每一天，和外界沒什麼接觸的她，都會發生雞飛狗跳、作夢也想不到的鳥事或衰事，讓她不斷偏離她的博論寫作進度表。這樣的日子持續了數年，一直到論文答辯的那一天，她因面對過各種「系統衝突」的狀況，乃練就了一身波瀾不驚的好本事。她還記得拿到學位那一天的慶祝酒會，她舉著香檳謝謝評委和來參加答辯的朋友們，心想費里尼式的戲劇化人生，總該告一段落了吧？沒想到回臺灣教書後，真正的魔幻時光才開始。舒曇景剛開始教書的那幾年，也跟隨潮流，嘗試將那些艱深但有原脈絡可循的理論，奉為圭臬，硬套到臺灣生猛爆發卻來得快去得也快、總也面目模糊的各種現實上，努力找出一種證據、一種規律，一種高於現實的眼光，來詮釋、掌控這些現實。站在講臺上，她常舉出遠方的例子做為對照，進行細部分析、正反詰辯，務使學生能夠往上提升，與世界接軌，成為思想進步的青年。然而她望著學生眨巴眨巴、在夢境邊緣掙扎的、無神的大眼，內心總不禁會出現一個謎之音，覺得自己是掉進過異次元，回地球來忽悠年輕學子的：她在法國學的那幾套理論，常常呈現出不適用臺灣的環境與臺灣人的體質的外星樣貌。

此時在她前方五十公分處發生的一場小騷動，引起了她的注意。一名和舒曇景年紀相仿的中年男子，穿著皮衣、緊身牛仔褲，臂彎裡抱著一頂重機安全帽，走過排在她前面的法國女孩身邊，卻又大動作倒退著踅回來，頗為滑稽地上前攀談。

「小姐您好呀！我們認識吧？」

重機男子一開口，舒曇景心裡便發噱：滄海桑田，她離開巴黎都三十年了，搭訕用的開場白竟然還沒變！

「應該不認識吧。」女孩抬頭看了他一眼，熟練地微笑了一下，不冷不熱的閉門羹。男子倒也不氣餒，繼續演他的獨角戲。他瞇著眼睛想了幾秒鐘，像從腦海裡撈出一個遺忘的名字，接著熱情地說：

「露西！」

女孩連頭也不抬，繼續翻閱她手中的雜誌。舒曇景看著女孩美麗的後頸、細緻的耳廓，再看看不願放棄的男子，忽然生出了一種對同代人的憐憫之心：雖然這麼想證明自己寶刀未老的男性，是將她這種和他同齡的女人視作祖母的，她還是不禁為他必定得吃下「耙子」[1]難堪場面暗捏了一把冷汗。

1　Se prendre un râteau，「招（或受）了一耙子」，法語「搭訕失敗、吃癟」表達法。

「麗莎，您一定是麗莎！」男子繼續努力瞎猜。舒曇景彷彿聽到密碼輸入錯誤三次，晶片被鎖住的手機音效。

阿涅絲開始饒有興味地打量眼前這個死纏爛打的中年大叔，覺得臉皮厚到一種程度的男人，刀槍不入，竟有種莫名的喜感，不像容易放棄、隨花粉亂飛的年輕男孩，也不像她的藝術家爸爸，始終是個軟弱的麵團人，一輩子讓女人牽著走，卻又不曾愛過其中任何一個，最後還總要來場掙脫鎖鍊的驚險逃生秀。

阿涅絲把父親的軟弱看得分明：他只是需要身邊有個人陪，打理他的生活，欣賞他的創作，為此他柔順地讓各式各樣的女人（包括她母親）前仆後繼地走進他的生活，漸漸按她們的意志，被捏塑得不成人形，最後受不了了，總得拿女兒作藉口來掃除障礙，好恢復自我，繼續當他的藝術家。從有記憶以來，隔周便到他工作室度周末的阿涅絲，早早看穿父親重複演的是同一齣戲：他明明知道自己要的是什麼，卻又總是讓女伴們決定他該要些什麼；等到他受到了再也無法承受的壓力，便會忽然從迷途中看見回返的路：阿涅絲在原點上等著他一起度周末——阿涅絲從小演過了太多同謀的角色，已厭煩透頂，最後一次配合演出是準備高中畢業會考那年……

她千不該萬不該帶了手帕交瑪荔露到父親的工作室一起複習功課——這是她犯過最愚蠢的錯誤。

「您有一雙很美的眼睛，您知道嗎？」大叔不知何時已經換邊進攻，從人行道上換到了戲院售票處的圓拱廊邊上，脫下皮衣，甩掛在肩上，然後靠著牆，深情地凝視她說。

阿涅絲啞然失笑，頓時無法判別大叔是來真的，還是從她的表情接收到了什麼正面的訊息，戲胞發作，演上癮了。

「謝謝，您人真好。」阿涅絲接受了讚美，淡淡的語氣中對他老套且誇張的舉止帶了一點友善的嘲弄。

大叔看似受到了鼓勵一般，急搶白道：

「我也超愛看電影的……聽著，我去買票，陪妳一起看！」

重機男子衝向還有不少人排著隊的票口後沒多久，《博論》便開始進場了。在外等候的觀眾魚貫進入了地下室的放映廳。舒曇景看著方才被搭訕的女孩神色自若地揀了個正中央的位子坐下，把皮包和雜誌隨手放在旁邊的空位上。選定她後面一排座位的舒曇景，這才看見封面是莒哈絲年輕時的照片——她也曾是個迷人美麗的女孩。下一秒舒曇景耳邊彷彿響起作家年老後粗礪的聲音，在虛空中念道：「Très vite dans ma vie il a été trop tard. À dix-huit ans il était déjà trop tard……」（在我的生命中，一切在很早的時候，就已太遲了。十八歲時，一切都已經太遲了。）

很久以前，還是學生的舒曇景曾在網路上看過關於這兩句話如何翻譯的討論串。一群網友比對了各種不同版本，什麼早什麼晚，一下匆匆一下迅速，越解越玄，讓她掉入了文字的黑洞裡，原來對莒哈絲小說的理解也亂了套：年輕的熱情焚成灰後，五內俱傷的回顧，有那麼難理解嗎？舒曇景也看不出有什麼弔詭或文化障礙的地方——當張愛玲說「我的人生——如看完了早場電影出來，有靜蕩蕩的一天在面前」，難道不是一種相似的虛無感？舒曇景出神地想著，以她慣常的研究者觀點，在腦中來回比對，務求抓出幾條線索，好支撐或否決由直覺產生的類比。她任電影預告片在眼前刷刷閃過，視而不見。

在與外界隔絕的全靜音思考中，舒曇景突然來到了某個關卡，一個從外滲入的警示音嗶嗶響起，決斷地表示：妳又來了，哪需要那麼多白紙黑字的證據呢？

她獨自一人來到現在這個年紀，重溫年輕時錯過的電影，旁觀了一場數十年如一日的彆腳搭訕……思前想後，這轉瞬即逝的三十年間，除了日常瑣事、研究和教學，還有寄在鄰居家的那隻胖橘貓，她還經歷了什麼？舒曇景怔怔地聽見一句話在耳邊迴盪，這回是她自己的聲音：

妳的人生在很久以前就已經按下了暫停。暫停久了，成了長久的真空。

阿涅絲看著中年大叔往她坐著的這一排逼近，腦中響起了大事不妙的警示音。螢幕上正播放的預告片，迅速在他側臉投下或明或暗的光影，伴隨他堅定的步伐，來到她身邊空著的那個位子。大叔用眼神向她示意，請她把雜誌和皮包放到另一邊的空位。阿涅絲一時間不知如何反應，她沒料到大叔真的去買票「陪她」看電影。

無傷大雅的街頭喜劇瞬間變得有點驚悚。阿涅絲轉頭看了看空位還很多的電影院，心裡開始發毛。微暗的空間中，大叔直盯著她的眼神，像是已經把她身上所有衣物都剝除了，就等著把她生吞。

拿起雜誌和皮包的那一瞬間，阿涅絲求助的眼神投向了後排的一位亞洲女士。那若有所思的中年太太，不無驚訝地發現了眼前的二部曲，微微皺起了眉頭。

大叔在阿涅絲身旁坐下的那一刻，她當機立斷，猛然站起來往前兩排的位子走去。幾乎同時地，大叔也抱起他的安全帽，跟著她換座位，折疊的紅絨椅座砰然撞擊椅背，讓電影院裡的所有觀眾都發現了這個你追我逃的場面。

阿涅絲處在一種緊急逃生狀態中，什麼也顧不得地帶著自己的隨身物品再次脫逃。這回她選了舒曇景坐著的那一排，因為在舒曇景和走道之間，另有一對情侶坐著，再之間僅剩下一個空位，由舒曇景的外套和公事包占著。

阿涅絲嘴裡喃喃說著抱歉，打擾了私語中的情侶，來到舒曇景旁邊的位子，像剛躲過獵槍的小獸，用顫抖的身體語言默默哀求著。不待她開口，舒曇景便將自己的東西挪開，見義勇為地扮演起嚴峻伴護婦（chaperon）的角色，接納了森林裡的小紅帽

（le petit chaperon rouge）。

抱著安全帽的重機男子站在走道上，悻悻然在前排坐下。

電影開始了。

螢幕上的博士生安琪拉，想研究影像中的暴力，結果一腳踏入校園真實虐殺電影的陷阱裡。誰是盟友？誰是真兇？——觀看的界線究竟在哪裡？

舒曇景在黑暗中摸出記事本，隨手記下劇情梗概，又歪歪斜斜地加上一句：碩士班討論課？

有時候舒曇景會意識到自己的生活方式很怪異：不管怎樣的情況，她都慣於當個帶點距離分析研究的局外人，就連看電影也不例外。《博論》裡受虐的失蹤女學生在錄影帶畫面上啊啊啊淒厲叫著不要打我，電鋸聲越來越令人毛骨悚然，這雖然也讓舒曇景全身緊繃，但被她戲稱為「職業病」的一貫態度仍根深柢固。她偶爾會轉頭看看緊抿著嘴唇、專注於電影劇情的女孩，注意到她側臉的線條比一般法國女孩柔和，摺痕深的眼梢微微往上吊，看起來像歐亞混血兒。自己在她這花一樣的年紀時，每天只有一條從家裡到圖書館的固定路線，衣著單調，從未花時間打扮自己，沒有派對，沒有知心女友，也沒有追著她跑的男孩。舒曇景略帶一種自嘲的幽默，將自己的人生定位為「從二十多歲就活得像道姑一樣」，如此三十年，恐怕快能得道了。然而她同時也很清楚這只是一個便利的謊言，適合一般觀眾，符合社會期待——她安寧生活的最大宗來源。

舒曇景成為了她年輕時想變成的那種人：在不同的場合裡，她都能隱身成為他人眼中希望看到的單一倒影，而不再是那個在虛榮的情人身後手足無措地站著的花瓶，被好奇窺探的眼光灼燒著瓶身。情人不定義她的身分，只刻意與友伴延續著無關痛癢的談話，好延長新花瓶的展示時間。

一陣窸窸窣窣的聲響分散了阿涅絲的注意力。聲響來自她幾乎已經忘記的前排中年大叔。

大叔陷在座椅中不安地變換姿勢，手肘靠在座椅扶手上，指尖支著額頭，指縫隨著電影場景的驚悚度不斷開合。

阿涅絲不自覺笑了，略帶惡意地想像著他臉色的蒼白。

危機解除。

她記得瑪荔露說過，她和她爸爸真正的分手點，其實是在看了一場青少年恐怖電影後。「沒想到他這麼弱。」想和阿涅絲重修舊好的瑪荔露如實說。

「對啊，我爸本來就很弱。」阿涅絲滿不在乎地答道，雖然她覺得眼線畫得過濃的瑪荔露，一邊說話，一邊舔著一根青蘋果色的棒棒糖的模樣蠢到了極點。

而她的藝術家爸爸竟是被這個做作的模樣觸動——阿涅絲知道工作室的某個角落藏著許多張瑪荔露舔著棒棒糖、半裸的照片。

他以為阿涅絲不知道的事，阿涅絲全寫進了小說。

散場時，回到青天白日下的觀眾發現稍早下過一場驟雨，地面還濕濕的。他們討論著電影裡有些老套的懸疑，要現不現的暴力場面。

「……un peu mal vieilli, je trouve.」舒曇景聽著某個年輕的拉丁區知青說，意思是電影有點老舊過時了，並未越陳越香。

重機男子雙手抱著安全帽，背靠在拱廊的牆上，一頭冷汗，像是在等待被驚動的血壓恢復正常值，無暇他顧。

阿涅絲輕快地繞過舒曇景，跳過拱廊和人行道間的些許落差，將皮包甩到了肩後，然後踏著她的細跟涼鞋，頭也不回地走進人群中，消失。

舒曇景驀然意識到自己的確回到了巴黎——這念頭讓她身心舒暢了一整晚。

【附錄】
巴黎，吾鄉

——Agnès Jasmin 阿涅絲．賈斯曼專訪

王小蘋 採訪／撰文

「*Ubi bene, ibi patria.*」她說：「我總是這麼想。」

阿涅絲．賈斯曼（Agnès Jasmin）書寫巴黎，書寫巴黎的移民，然而一年中，她有一半的時間在外地：飛到世界各地出席與她新書有關的宣傳活動，和各國譯者、學者見面、巡迴座談，參加她的劇作在國外的首演，還有，領獎。這次趁著她到雅加達領獎前，短暫停留香港的機會，我們與她相約在赤柱。笑容可掬，但神情若即若離的阿涅絲．賈斯曼，側著臉，若有所思地望著面前的海灣和椰子樹。陽光篩過露臺的廊

杜，影子靜止在她半張臉上。

「不少作家在旅行中尋找靈感、尋找寫作的姿態，而您在臺法兩種文化、中法兩種語言中成長。到處旅行的您，實際上過的是國際作家的生活，為何卻又不斷在媒體上表示，巴黎才是您作品的原鄉呢？」我們明知故問，暗暗希望從她已回答過無數次的問題中，找出一個新的線索。

「*Ubi bene, ibi patria.*」她不疾不徐地為我們重複了一次這句拉丁文諺語，又以法文穿插了中文說：「用中文來表達，應該就是『此心安處是吾鄉』——巴黎正是這樣的地方。」

她不急著揭露她宣言中明確的意涵，特意在不輕不重的回答上蓋了一層模稜兩可的紗，等我們追問下去，追問巴黎在她心目中的地位，追問她筆下的巴黎場景。她的眼神流動，熟極而流，笑裡藏著一絲嘲弄，或許是針對我們毫不令人意外的問題，也或許是她把一句老回答又在心裡濾過一遍，瀝出了原先隱藏或沒注意到的涵義，勾起了她的新感想，但她不打算說給任何人聽。

她不願正面答覆，我們也不願落入圈套。阿涅絲・賈斯曼的父親是法國藝術家，母親來自臺灣，她知道我們要問些什麼，她等著我們開口。藏在賈斯曼藍眼睛背後的另一種語言和文化宛如每場訪談的神祕嘉賓，總是要提到這麼一個人，卻從來沒有面貌，節目結束了都沒入鏡。然而賈斯曼的作者介紹裡、創作主題裡，卻處處有「他／她」的蹤跡，為巴黎巨大的身影所掩蓋。

我們暫時放棄了無聲的對峙，問起賈斯曼在臺灣最新出版的小說《私生活》（*L'intimité*）裡，那個叫作Ming（明）的女人。書中沒有清楚交代Ming是從哪裡來的，只道她將自己的兒子拋在家鄉，讓人領養，然後在巴黎當起了一對夫妻的小女兒的鐘點保母。法國雇主聽到她與小女孩說她的母語時，覺得「很不受尊重」，當下說了她幾句。Ming等雇主出門後，也不管小女孩聽不聽得懂，先用母語把她狠狠罵哭了，才去廚房為她準備吃的。最後Ming隔著窗子，看著自己「倒影與巴黎的夜色疊合為一」的瞬間，覺得「心頭敷上了一層舒爽的涼膏」。我們請她多告訴我們一些，關於巴黎夜色特殊的「療癒」效果。

「Ming在那一瞬間，忽然感覺自己成為巴黎的一部分吧？我在《花瓶變奏》那個劇本裡，另寫到一名重遊巴黎的亞洲女士，回返文學巨靈們的巴黎，回返她年輕時戀愛中的巴黎。別人看她就是一個不起眼的中年婦女，可是她憑著三十年前的記憶——還是情人眼中一只花瓶的老記憶，和城市的每個角落產生了私密的連結：是巴黎屬於她，而不是她屬於巴黎。」她成功轉移了問題焦點，說。

我們於是詢問她與巴黎的關係，是否也以記憶彼此歸屬。她淺淺一笑，想了想，然後提到自己的處女作《金沙》（*Le Sable d'or*）。阿涅絲・賈斯曼引述女主角瑪荔露（本名馬麗如）的名言：「名字在某些時候，就像一件能讓人隨穿隨脫的衣裳。當它穿在有心人身上出來展示的時候，絕不是用來告訴世人衣櫃裡有什麼祕密的——代換成巴黎也同樣適用。」

（節選自〈花瓶變奏〉人物阿涅絲成為國際作家後的「偽訪談」，本文與七月號《印刻文學生活誌》同步刊出）

九歌文庫 1229

雙城喜劇

作者	周丹穎
責任編輯	羅珊珊
創辦人	蔡文甫
發行人	蔡澤玉
出版發行	九歌出版社有限公司 臺北市105八德路3段12巷57弄40號 電話／02-25776564・傳真／02-25789205 郵政劃撥／0112295-1
九歌文學網	www.chiuko.com.tw
印刷	晨捷印製股份有限公司
法律顧問	龍躍天律師・蕭雄淋律師・董安丹律師
初版	2016年7月
定價	280元

書號	F1229
ISBN	978-986-450-072-7（平裝）

（缺頁、破損或裝訂錯誤，請寄回本公司更換）

國家圖書館出版品預行編目資料

雙城喜劇 / 周丹穎著. – 初版. --
臺北市：九歌, 2016.07

面；公分. -- (九歌文庫；1229)

ISBN 978-986-450-072-7（平裝）

857.63　　105009864